박선우 장편소설

FUSION FANTASTIC STORY

# 기적의
# 환생

MIRACLE LIFE

# 기적의 환생 7

박선우 장편소설

초판 1쇄 찍은 날 § 2018년 11월 19일
초판 1쇄 펴낸 날 § 2018년 11월 26일

지은이 § 박선우
펴낸이 § 서경석

총괄팀장 § 최하나
편집책임 § 신보라

펴낸곳 § 도서출판 청어람
등록번호 § 제387-1999-000006호
등록일자 § 1999. 5. 31
어람번호 § 제1-2975호

주소 § 경기도 부천시 부일로 483번길 40 서경B/D 3F (우) 14640
전화 § 032-656-4452 팩스 § 032-656-4453
http://www.chungeoram.com
E-mail § chungeorambook@daum.net

ⓒ 박선우, 2018

ISBN 979-11-04-91876-6 04810
ISBN 979-11-04-91763-9 (세트)

박선우 장편소설

FUSION FANTASTIC STORY

# 기적의 환생

## MIRACLE LIFE

7

도서출판
청어람

# 기적의 환생

## MIRACLE LIFE

# CONTENTS

# 제32장
## 거대한 전쟁 II

전쟁을 앞둔 전사에게 시간의 흐름은 번개가 무색할 정도로 빠르게 흘러간다.

최강철의 긴장은 다른 때보다 훨씬 더 컸다.

듀란이 들고 나올 전략과 자신의 전략이 상충될 경우 어떤 결과가 일어날지 알 수 없었다.

더군다나 듀란은 마지막 불꽃을 태우기라도 하려는 듯 혹독한 훈련을 하는 것으로 알려졌기 때문에 그런 마음이 더욱 가중될 수밖에 없었다.

여전히 최강철의 캠프는 피터의 철저한 통제하에 기자들의 접근을 완벽하게 차단했다.

예전에는 기자들에게 시간을 주면서 뉴스거리를 만들어주기도 했지만 최강철이 입을 굳게 닫아버렸기 때문에 아무도 레드불스에 들어올 수 없었다.

기자들의 불만이 폭주했다.

시합을 앞두고 초긴장 상태에 빠져든 선수들을 취재하는 건 당연히 어려운 일이었으니 최강철의 행동이 욕먹을 짓은 아니었으나 상대인 듀란이 훈련 과정까지 공개하며 연일 언론에 자신의 근황을 알렸기 때문에 기자들은 더욱더 몸이 달 수밖에 없었다.

더군다나 세기의 대결이다.

한쪽은 모든 것을 공개하고 있었는데 다른 한쪽은 철문을 닫아놓고 모습조차 보여주지 않으니 미치고 환장할 일이다.

그런 것이 원인이 되었을까.

시합이 잡혔을 때 최강철의 우세를 점치며 뉴스를 내보내던 언론들이 시합 날짜가 다가올수록 듀란의 승리를 점치기 시작했다.

최강철 측이 언론을 원천 차단 한 이유도 있었지만 듀란의 훈련량이 엄청난 게 노골적으로 알려졌기 때문이다.

앞으로 시합까지 이제 10일이 남았을 뿐이기에 언론에서는 연일 듀란의 근황을 알리며 최강철의 고전을 보도했다.

아무리 시합이 코앞이라도 쉴 때는 쉬어야 한다.

근육이라는 것은 끊임없이 혹사시켰을 때 탈이 나는 법이기 때문에 사람은 적정한 휴식을 취해주는 것이 꼭 필요하다.

그건 최강철도 마찬가지였다.

윤성호는 시합이 다가올수록 절대 무리한 훈련을 피했고 저녁이 되면 최강철이 쉴 수 있게 시간을 배려했다.

오랜만에 찾아온 서지영과 데이트를 하고 집으로 들어오자 맥주를 마시며 텔레비전을 보던 윤성호와 이성일이 반짝거리며 눈을 빛냈다.

"갔냐?"

"응."

"잘했다. 혹시 차에서 한 건 아니지?"

이 미친놈은 인정사정 봐주지 않는다.

이성일은 어떡하든 그쪽으로 엮기 때문에 정상적인 대화가 어렵다.

하지만 오늘은 윤성호도 만만치 않았다.

"커피만 마신 거 맞냐?"

"예."

"그래, 시합을 앞둔 놈이 그런 거 하면 큰일 나."

"어휴, 그만 좀 해요. 하루 이틀도 아니고 지겹지도 않습니까?"

"이런 걸 보고 힐링이라고 하는 거다. 우린 힐링이 필요해."

말을 말아야지.

시합을 코앞에 둔 선수 앞에서 맥주를 마시며 힐링 타령하는 두 사람이 곱게 보인다면 사람이 아니다.

"편하게 앉아. 성일아, 맥주 치워라. 강철이 먹고 싶어 할라."

"넵."

눈치도 빠르다.

시원하게 맥주 한 잔이 그리워 슬쩍 바라보자 어느새 낌새를 눈치챈 두 사람이 동시에 움직이며 먹고 있던 맥주를 깡그리 치워 버렸다.

정말 손발이 척척 맞는 인간들이다.

소파에 등을 기대고 앉아 텔레비전 채널을 이리저리 돌리다가 손을 멈췄다.

텔레비전에서 듀란에 관한 뉴스가 방송되고 있는 중이었다.

뉴스는 듀란의 근황에 대해서 취재한 것인데 직접 인터뷰하는 장면까지 나오고 있었다.

인터뷰 내용은 별 게 없었다.

기자가 최강철에 대한 질문을 했음에도 그는 백전노장답게 교묘하게 질문의 핵심을 피하며 자신의 이야기만 했다.

번개처럼 달려온 두 사람이 떠들기 시작한 것은 듀란의 인터뷰가 끝났을 때였다.

"우와, 저 식스팩 봐라. 관장님, 듀란이 복부에 임금 왕 자 새겨진 거 본 적 있습니까?"

"없다."

"저거 일부러 만든 걸까요?"

"쟤가 그렇게 할 일 없는 사람으로 보이니? 그만큼 훈련량 이 엄청나다는 거겠지."

맞는 말이다.

젊었을 때는 당연히 있었겠지만 최근 몇 년 동안 듀란의 복 부에서 근육이 만들어진 건 본 적이 없었다.

그만큼 운동량이 많다는 뜻이었다.

"그나저나 저 친구 까다롭게 노는구만. 원래 저렇게 말이 없었나?"

"말만 잘하는데 왜 그러세요?"

"그게 아니고 강철이 이야기를 전혀 하지 않잖아. 아예 신경 전을 펼 생각조차 하지 않는 것 같아."

"그만큼 자신 있다는 뜻이기도 하겠네요."

두 사람의 대화를 듣고 있던 최강철이 불쑥 끼어들었다.

찜찜했다. 그래서 자신도 모르게 나온 말이었다.

복싱에서 선수들 간의 신경전은 아주 오래전부터 당연한 것으로 고착화되어 있었다.

일종의 기 싸움이다.

누가 더 상대를 자극해서 흥분하게 만드느냐에 따라 경기 결과의 승패가 달라진다는 생각 때문에 선수들은 강한 어조로 상대의 기를 꺾기 위해 노력했다.

최강철 역시 그런 전략을 펴온 적이 여러 번 있었다.

강한 상대를 자극해서 흥분하게 만든다는 것은 결코 불리한 일이 아니기 때문이었다.

윤성호가 불쑥 입을 연 것은 최강철의 이야기를 들은 이성일이 괜한 이야기를 했다는 듯 입맛을 쩍쩍 다시며 후회하는 표정을 지을 때였다.

"우리도 이때 근사하게 기자들한테 나가서 한마디 할까?"

"뭐라고요?"

"듀란한테 시합 끝난 후 사이좋게 밥이나 먹자고. 그러면 멋있어 보일 거 아니냐."

"관장님도 저와 오래 같이 지내더니 유머가 늘었습니다. 우리 심심한데 이제 잠이나 자죠."

\*          \*          \*

팽팽한 신경전은 다른 데서 벌어지고 있었다.

바로 다름 아닌 토머스 헌즈였다.

NBC에 통합 타이틀전 중계권을 뺏긴 ABC ESPN에서는 복싱 히어로 편에서 헌즈를 출연시켜 최강철과 듀란의 시합에 대해 집중 탐구 하는 시간을 가졌다.

스포츠국장 존 윌리의 타고난 감각은 이번 승자가 언젠가는 헌즈와 한판 승부를 벌이게 될 것이라는 판단으로 이런 특집 방송을 만들었던 것이다.

이를테면 못 먹는 감 찔러나 보겠다는 심사였고, 향후에 벌어진 빅 이벤트에 숟가락을 먼저 올리겠다는 생각이었다.

미국의 복싱 팬들은 이제 7일 앞으로 다가온 경기에 온 관심을 집중시키고 있는 중이었기 때문에 ESPN에서 마련한 특집 방송은 그야말로 대박을 터뜨렸다.

복싱 팬들이라면 누구나 안다.

가장 강력한 선수들의 대결은 운명이고 결국은 성사될 수밖에 없다는 것을.

그랬기에 토머스 헌즈가 두 사람의 경기에 대해 어떤 말을 하게 될지 수많은 복싱 팬은 설레는 마음으로 지켜봤다.

ESPN의 유명한 복싱 앵커 짐 캐리는 특집 방송 진행에 도가 튼 사람이었고 대부분의 질문도 자신이 직접 작성하는 것으로 알려져 있었다.

이런 방송의 특징은 자료 화면이 반 이상 차지한다.

시청자들은 이미 지나간 시합이지만 예전의 그 광기를 잊

지 못하기 때문에 짐 캐리는 자료 화면을 쓰면서 토머스 헌즈
와의 인터뷰를 절묘하게 진행했다.

그가 시청자들이 가장 궁금해하는 질문을 던진 것은 헌즈
가 듀란을 쓰러뜨린 화면이 끝났을 때였다.

"토머스, 허리케인과 듀란의 빅 매치가 곧 벌어지게 됩니다.
당신은 누가 이길 거라고 예상합니까?"

"글쎄요, 제가 봤을 때는 전부 고만고만해서 쉽게 승자를
점치기 곤란하군요."

"그게 무슨 말씀이시죠?"

"금방 보신 것처럼 듀란은 저에게 상대조차 되지 않았던 선
수였습니다. 그리고 저는 허리케인이란 거창한 애칭을 가지고
있는 저 친구도 그리 높게 평가하지 않습니다."

헌즈의 대답에 짐 캐리가 과장된 표정으로 놀라는 시늉을
했다.

의도적인 연출이다.

그는 이 질문을 하면서 헌즈가 이런 대답을 할 것이란 걸
과거의 경험으로 이미 알고 있었다.

헌즈는 앞뒤 안 가리고 떠드는 놈으로 유명했다.

"허리케인은 지금 현재 전 세계적으로 가장 인기 있는 복서
입니다. 그를 그렇게 과소평가하는 이유가 뭡니까?"

"개천에서 놀던 친구는 결코 상어나 고래가 될 수 없는 법

입니다. 허리케인은 지금까지 편한 길을 걸어오며 전적을 쌓아왔습니다. 하하하, 그 친구가 IBF 챔피언을 지냈다는 걸 보면 모르겠습니까? 운이 좋아 마크 브릴랜드를 잡고 WBC 챔피언에 올랐지만 재방송을 보면 알겠지만 고전을 면치 못한 경기였죠."

"허리케인은 지금까지 21전 전승 KO를 기록하고 있는 강편처이면서 화끈한 경기로 복싱 팬들에게 많은 사랑을 받고 있는 챔피언입니다. 말씀이 너무 심하신 거 아닐까요?"

"심하긴요. 26전 전승 KO를 기록하고 있던 존 무가비로 한 방에 나가떨어지는 거 보시고도 그런 말씀을 하십니까? 전승 KO라는 건 의미가 없는 것입니다. 복싱은 그런 전적이 아니라 실력으로 말하는 거니까요."

"그렇다면 토머스, 당신은 허리케인을 충분히 이길 수 있다는 뜻으로 들리는데, 맞습니까?"

"당연한 걸 묻고 있군요. 자존심이 상해서 그런 질문에는 대답하지 않겠습니다. 앵커께서는 질문을 가려서 해주시기 바랍니다."

헌즈가 인상을 쓰면서 물컵을 들어 벌컥벌컥 마셨다.

그는 짐 캐리의 질문에 기분이 상했다는 듯 거친 태도를 숨기지 않았다.

하지만 짐 캐리에게는 이런 행동이 너무나 즐거웠다.

"토머스, 당신의 기분을 상하게 했다면 사과드립니다. 그런데 토머스, 만약 이번 경기에서 이긴 사람이 당신과의 시합을 원한다면 받아들일 의향이 있나요?"

"어린아이 비틀어서 돈을 버는 건 원치 않지만 굳이 원한다면 받아들이겠습니다. 하지만 경고하는데, 함부로 덤비지 않기를 권합니다. 사람의 목숨은 생각보다 훨씬 연약하죠. 나는 그들이 지금처럼 가늘고 길게 살아가길 진심으로 바랍니다."

*　　　　　*　　　　　*

시합이 다가올수록 서울대 경영대학은 긴장으로 가득 찼다.

특히 함께 공부한 1학년들과 최강철의 동기인 83학번들은 물론이고 교수들까지 침을 삼키며 시합 날짜를 손꼽아 기다렸다.

하긴, 그들뿐만이 아니다.

전 국민이 난리가 난 상태였으니 누굴 특정하기도 어려운 일이다.

시합이 3일 앞으로 다가온 목요일.

교수들도 듬성듬성 수업을 했고 학생들의 분위기도 공부할 분위기가 아니었다.

특히 김철중과 일당들은 거의 온 정신이 최강철의 시합에 가 있었기 때문에 교수들이 무슨 소리를 하는지 귀로 들어오지 않았다.

쉬는 시간이 되면 온통 타이틀전에 관한 뉴스가 화제였고 경기 예상을 하면서 침을 튀기는 게 그들의 일상이 된 지 오래였다.

그러나 꼭 중간에 짱돌을 날리는 놈이 있다.

바로 유상식이 그런 놈이었다.

"철중아, 숙대 애들한테서 내일 미팅하자고 제의기 들어왔다. 내가 다니는 교회 친군데 지네 과에서 제일 예쁜 애들만 데리고 온단다."

"이 미친놈아. 네가 지금 제정신이냐? 고사를 지내도 모자랄 판에 미팅은 얼어 죽을 무슨 미팅이야!"

"야, 인마. 전쟁 중에도 사랑은 핀다는 유명한 말도 있잖아. 시합은 시합이고, 사랑은 해야 되는 게 우리의 막중한 책임이자 의무니까 막간을 이용해서 잠시 나갔다 오자."

"지랄한다. 강철 선배의 목숨이 경각에 달렸는데 사랑이 뭐가 중요해. 난 그 생각만 하면 자다가도 벌떡 일어나는데 이 자식은 아직도 정신을 못 차리고 있네."

김철중의 퉁방에 유상식이 눈을 부릅떴다가 곧이어 이어진 박정빈의 공격에 떨떠름한 표정을 지으며 뒤로 물러났다.

표정들이 좋지 않다.

나름대로 틈새를 노려봤으나 씨도 먹히지 않는 걸 확인한 유상식은 입맛을 다시며 하늘을 쳐다봤다.

그때 김철중이 한숨을 길게 내리쉬며 중얼거렸다.

"아이고, 우리 강철 선배. 지금 뭐 하고 계실까. 제발 긴장하지 않아야 할 텐데."

"걱정하지 마라. 강철 선배를 그렇게 겪어봤으면서 모르겠어? 그 양반은 지옥에 갔다 놔도 버젓이 살아 나올 사람이야."

"그나저나 일요일에 중계한다는데 우리 응원은 어떡하지?"

"뭘 어떻게 해? 같이 모여서 해야지."

당연하다는 듯 김현중이 대답하자 박정빈이 동조를 했고 뒤이어 유상식도 고개를 끄덕였다.

다른 건 몰라도 응원만은 무조건 같이해야 된다는 생각들이 확고했다.

그때, 멀리서 경영학과 학생장인 정수연이 급하게 달려오면서 부르는 소리가 들려왔다.

"야, 니들!"

담배를 피우면서 머리를 맞대고 숙의하던 김철중과 일당들이 급히 부동자세를 취했다.

학생장인 정수연은 와일드하기로 소문난 선배라 잘못 걸리면 박살이 나기 때문에 만날 때마다 저승사자 대하듯 군기가 잡혀 있는 모습을 확실하게 보여주었다.

다가온 정수연은 숨을 헐떡이고 있었는데 무언가 무척 급한 일이 생긴 게 분명했다.

"선배님, 무슨 일이십니까?"

"철중아, 수업 다 끝났지? 애들 전부 집에 갔어?"

"지금쯤 전부 갔을 겁니다. 벌써 수업 끝난 지 30분도 더 지났는걸요."

"그럼 비상 걸어. 일요일 아침 9시까지 학생회관으로 집합하라고 비상 걸란 말이야."

"아니, 그게 무슨 말씀이세요? 그 날은 무슨 일이 있어도 나오지 않을 거예요. 최강철 선배 시합 있는 날인데 비상이라뇨. 아무리 급한 학교 일이라도 애들은 절대 나오지 않을 겁니다."

"그러니까 비상 걸라고. 학장님 지시 사항이야. 우리 경영대학 학생들은 학생 회관에서 모여 응원하기로 했으니까 무조건 나오라고 전하란 말이야. 내 말 무슨 뜻인지 알아들어?"

"정말입니까?"

"그럼 내가 지금 이 마당에 실없이 농담이나 하고 있겠냐? 난 다른 학년 과대표한테 가봐야 하니까 네가 1학년 잘 챙겨. 열외는 한 명도 없어. 안 오는 놈은 학교생활 하기 어려울 테니까 알아서 기라고 해."

"염려 마십시오, 선배님. 그런 거라면 제가 모가지를 끌고 오는 한이 있더라도 반드시 조치해 놓겠습니다."


*           *           *


　최강철은 수없이 몰려 있는 기자들 앞에서 체중을 쟀다.

　정확하게 66.5kg. 한계 체중에 조금 부족할 정도였다.

　일부러 맞춘 체중이 아니었다.

　최강철은 대부분의 복싱 선수들과는 다르게 지금까지 체중을 빼기 위해 고생을 해본 적이 없다.

　평소의 체중은 70kg 정도였으나 운동을 시작하고 두 달 정도 지나면 체내에 남아 있던 지방들이 완벽하게 빠져나가며 웰터급의 체중에 정확하게 맞아들었다.

　많은 복서가 체중을 맞추기 위해 피눈물 나는 노력을 한다.

　어떤 선수들은 계체량이 있기 며칠 전부터 물만 마시며 체중 감량을 했고 1차 계체량에 실패라도 하게 되면 사우나장에 들어가 몇 시간이고 땀을 빼며 간신히 체중을 맞추는 경우도 많았다.

　훈련이 부족해서 그런 경우도 있었지만 복싱 선수들은 자신의 평소 체중보다 한 체급 아래에서 경기를 하기 때문에 근본적으로 체중 조절을 한다는 것은 뼈를 깎아내릴 정도의 고통을 수반했다.

듀란도 무사히 계체량을 통과했다.

그는 도전자였기 때문에 먼저 체중을 쟀는데 66.3㎏으로 오히려 최강철보다 몸무게가 덜 나갔다.

정말 인간 승리다.

최근 들어 거의 1년 정도 쉬면서 살이 엄청나게 붙었다고 들었는데 얼마나 열심히 했는지 과거 전성기 시절의 몸을 보는 것처럼 날렵하게 변해 있었다.

양측이 모두 참석한 가운데 공식 계체량 행사가 무사히 끝나자 최강철은 라커로 돌아와 옷을 갈아입었다.

그가 준비한 옷은 검은색으로 통일된 슈트였다.

"인물 산다, 인물 살아. 역시 옷이 날개야. 강철아, 그거 나중에 나 좀 빌려주라. 다운타운 나갈 때 입으면 여자들한테 인기 짱이겠다."

"그래라. 그런데 너같이 뚱뚱한 놈한테 이 옷이 맞을지 모르겠다."

"걱정도 팔자네. 옷은 늘어나게 되어 있어. 특히 비싼 옷은 옷값을 한다니까."

"이거 비싼 거 아냐, 인마. 다운타운에서 100달러 주고 산 거야."

최강철이 웃으며 말하자 이성일이 못 믿겠다는 듯 의심의 눈초리를 마구 보냈다.

농담이 아니고 진짜 최강철의 모습은 슈트를 입자 영화배우 뺨칠 정도로 변해 있었다.

검은색 슈트에 흰색 와이셔츠.

최강철이 격식을 차릴 때만 입는 복장이었다.

윤성호가 불쑥 나선 것은 이성일이 슈트를 이리저리 만져보며 사실 여부를 확인하고 있을 때였다.

"강철아, 왜 그런 옷을 입은 거냐? 어차피 계체량 행사와 기자회견은 동시에 벌어져서 격식을 차리지 않잖아. 내가 보니까 듀란은 간단한 체육복 차림이더라."

"그냥 오늘은 이 옷을 입고 싶었어요. 왜요, 이상해요?"

"아니다… 나가자, 시간 됐어."

공식 계체량 행사에 참여했던 기자들이 전부 기자회견장으로 몰려들었고 뒤늦게 많은 기자가 합류했기 때문에 컨벤션 센터는 기자들과 경호원들로 북새통을 이루었다.

최강철이 회견장에 나타나자 기자들이 사진을 찍기 위해 벌 떼처럼 달려들었다.

미국에 넘어온 후 지금까지 2달 동안 코빼기도 보이지 않았기에 그동안 기자들은 최강철의 모습을 잡기 위해 첩보전을 연상시킬 만큼 별별 작전을 다 동원했으나 인터뷰에 성공한 사람은 한 명도 없었다.

정해진 시간보다 회견장에 일찍 나온 것은 듀란에 대한 예의를 지키기 위함이었다.

듀란은 그보다 13살이나 더 많았기 때문에 나이로 따지면 삼촌뻘이었고, 권투 경력으로 따지면 까마득한 대선배였다.

물론 그가 도전자였고 자신이 챔피언이었지만 최강철은 그런 자존심을 전혀 생각하지 않았다.

먼저 자리에 앉은 후 5분 정도 지나자 듀란이 스태프들과 함께 회견장으로 들어오는 것이 보였다.

천천히 들어오는 그의 모습을 보면서 자리에서 일어나 예의를 갖췄다.

그러자 듀란이 웃으며 최강철의 손을 잡아왔다.

이렇게 직접 대면한 것은 처음이다.

젊었을 시절 영화배우를 연상시킬 정도로 잘생긴 외모를 가졌기에 사람들은 그를 파나마의 귀공자로 불렀다.

하지만 그의 진짜 별명은 핸드 오브 스톤, 즉 돌주먹이다.

링에 올라서는 순간 한 마리 야수가 되어 상대를 몰아붙이는 그의 투지는 상대를 질리게 만들 만큼 강렬했고 무시무시했다.

"허리케인, 우리 예전에 한 번 봤지?"

"경기장에서 봤죠. 북미 타이틀전 때 오셨잖습니까."

"그래, 그랬지. 그때 자네가 나와 싸우자고 했었는데 이제 그 말이 현실이 되었구만. 우리 멋진 경기를 펼쳐보세."

"이렇게 경기를 할 수 있게 되어 영광입니다."

"무슨 소릴. 기자들이 기다리는군. 우리 앉아서 천천히 이야기를 할까."

악수를 하는 장면을 찍기 위해 몸부림치던 기자들의 행동이 뜸해지자 듀란이 먼저 손을 놓고 자리에 앉았다.

그러자 한쪽에 있던 사회자의 진행에 따라 공식 기자회견이 시작되었다.

기자들은 언제나 하이에나처럼 행동한다.

사람들의 흥미를 끌어당기기 위해서는 자극적인 내용이 필요했기 때문에 기자회견장, 특히 이런 빅 이벤트의 전쟁을 알리는 회견장에서는 상대에 대한 독설을 유도하기 위해 온갖 방법을 동원했다.

하지만 백전노장 듀란은 최강철에 대해 한마디도 모욕을 주거나 멸시하는 행동을 하지 않았다.

그것은 최강철도 마찬가지였다.

기대했던 것과는 달리 정말 실망스러운 기자회견이었다.

야수와 야수의 대결로 알려졌으니 그동안 숨어 있던 최강철이 직접 듀란을 대면하면 엄청난 신경전이 벌어질 것이라 예상했으나 그 어떤 기자회견보다 싱거워 기자들의 얼굴이 일그러질 대로 일그러졌다.

그들은 최강철의 성질을 안다.

듀란이 터프하다고 정평이 나 있지만 뒤늦게 혜성처럼 나타난 최강철은 동양에서 온 갈색 폭격기라 불리며 허리케인이라는 별명을 얻었을 정도로 화끈한 성격을 가지고 있었다.

그랬기에 중요한 시합을 앞둔 기자회견에서 수많은 뉴스들을 양산했다.

프레드 아두와 주먹다짐까지 갈 뻔했던 것은 물론이고 마크 브릴랜드와도 그에 못지않게 뜨거운 신경전을 펼쳐 그들을 즐겁게 해주었다.

기자들은 최강철의 행동을 보면서 영악하기 짝이 없다고 논평을 해왔다.

강력한 적을 흥분시켜 자신의 페이스로 끌고 들어오는 최강철의 심리전은 언제나 상대보다 한 수 위였기 때문이었다.

그러나 오늘은 다른 사람처럼 행사가 끝날 때까지 전혀 움직일 생각조차 하지 않았다.

특종이 터지기 시작한 것은 싱거웠던 기자회견이 모두 끝났을 때였다.

기자회견이 모두 끝나자 최강철은 자리에서 일어나 듀란의 손을 먼저 잡았는데 그때부터 뉴스거리를 한꺼번에 폭발시켜주었다.

"듀란, 당신은 나의 우상이었습니다. 복싱을 하기 전부터 당신의 경기를 보면서 흥분했던 기억이 있습니다. 다시 말씀드리지만 이렇게 링에서 마주치게 되어 정말 영광입니다."

"그랬나, 고마운 말이군."

"고맙다는 말은 시합이 끝난 후 해주시기 바랍니다. 몸을 보니 정말 많은 연습을 했다는 걸 알겠더군요. 이렇게 멋진 몸으로 나타나 줘서 고맙습니다. 나는 과거의 나태했던 듀란과 싸우게 될까 봐 정말 걱정이었습니다."

"천하의 허리케인을 상대하면서 그럴 리가 있겠나. 나는 타이틀을 빼앗기 위해 혹독한 훈련을 했어. 나를 보고 사람들이 돌주먹이라고 부르지만 내 열혈 팬들은 나를 '디스트로이어'라고 부르지. 왜인 줄 아나? 나는 상대가 파괴될 때까지 이 주먹으로 두들기기 때문이야. 그러니 조심해. 자네는 지금까지 해왔던 어떤 경기보다 힘든 경기를 치르게 될 테니 말이야."

"원하던 바입니다. 나의 우상 듀란, 당신에게 진짜 야수가 무엇인지 보여 드리겠습니다. 당신은 90전이 넘는 경기를 하면서 한 번도 느끼지 못했던 두려움을 이번 경기에서 맛보게 될 겁니다."

\*　　　　　\*　　　　　\*

성호전자 재무 팀의 남효열 차장은 상반기 실적에 대한 자료를 검토하다가 슬금슬금 다가온 김석태 과장을 향해 눈을 돌렸다.

김 과장의 손에는 A4 용지가 들려 있었는데 빽빽하게 볼펜으로 쓴 글씨가 적혀 있었다.

"차장님, 2천 원 내십시오."

"왜?"

"우리 팀은 돈을 관리하는 부서잖습니까. 그래서 최강철의 경기 결과에 따라 한 사람에게 돈을 몰아주기로 했습니다. 통계학적인 분석으로 가장 정확한 결과를 맞춘 사람이 독식하는 것이죠."

"어이구, 잘들 한다. 넌 어째 일은 안 하고 맨날 엉뚱한 짓만 하고 돌아다녀? 우리가 재무 팀이지 도박 팀이냐?"

"도박 팀이라뇨. 이건 어디까지나 통계학적인 실력이 누가 가장 좋은가를 알아내기 위한 것이에요."

김 과장의 뻔뻔한 대답에 남효열이 사무실을 주욱 둘러봤다.

팀원들은 두 사람의 대화를 들으며 시선을 집중시키고 있었는데 남효열이 어떤 반응을 보일지 궁금했던 모양이다.

"하아, 회의 시간에 바쁘니까 일들 열심히 해달라고 그렇게 말했는데도 이 친구들은 소귀의 경 읽기구만. 김 과장, 애들

관리 똑바로 못 하겠어? 네가 제일 선임이면서 이런 짓이나 하고, 그러니까 팀이 엉망이잖아!"

"죄송합니다."

김석태는 남효열이 얼굴을 찡그리며 잔소리를 해대자 입맛을 다시며 고개를 푹 수그렸다.

평소와는 다른 남 차장의 반응에 김석태는 뒤늦게 자신의 잘못을 깨닫고 슬그머니 등을 돌려 도망갈 채비를 했다.

그때 남효열의 목소리가 툭 하고 흘러나왔다.

그의 얼굴은 언제 화를 냈냐는 듯 장난스런 웃음이 잔뜩 배어 있었다.

"얼마라고?"

"예? 아… 2천 원입니다."

"30명이 2천 원씩 내면 6만 원인데 겨우 그걸로 뭐 하냐. 최강철이 나오는 빅 이벤트라면 최소 5천 원은 되어야 하지 않겠어?"

"아이고, 차장님. 5천 원은 너무 큽니다."

"그런가. 야, 그런데 뭘 찍는 거냐?"

"일단 누가 이길지를 찍습니다. 그러고는 라운드를 찍는 거죠. 라운드가 같으면 더 근사치에 있는 사람이 먹는 방법입니다."

"이리 줘봐."

남효열이 김석태가 가지고 있는 종이를 뺏어서 주욱 살펴보더니 기가 막히다는 듯 웃음을 지었다.

이런 인간들 하고는.

이게 무슨 내기란 말인가.

종이는 반으로 선이 그어져 있었는데 직원들의 이름은 전부 최강철 쪽으로 몰려 있었다.

여기서 만약 그가 듀란 쪽에 건다면 진짜 독식이 가능한 상황이었다.

하지만 그는 잠시도 주저하지 않고 최강철 쪽에 자신의 이름을 쓰며 그 옆에 5라운드 2분이라고 적었다.

그 모습을 본 김석태가 웃었다.

그래, 평소 남효열의 행동이라면 절대 듀란 쪽에 동그라미를 칠 사람이 아니다.

그건 다른 사람들도 마찬가지였는데 직원들은 돈을 잃을지라도 최강철이 이겨주기를 간절히 바라고 있었다.

통계학은 개뿔.


\*　　　　　\*　　　　　\*


토요일.

직장인들이 가장 좋아하는 요일이고 주중의 스트레스를 풀기 위해 친구들과 만나 마음껏 즐기는 날이었다.

윤미정과 정혜미, 김선숙은 대학교 1학년 때부터 친해져서 직장 3년 차인 지금까지 우정을 지속해 오는 사이였다.

그녀들은 매주 토요일만 되면 습관처럼 모여 저녁을 먹은 후 2차로 맥줏집에 들러 수다를 떨었는데 주중에 있었던 일들이 그 자리에서 전부 안주가 되어 흘러나왔다.

저녁으로 우아하게 떡볶이와 순대, 김밥을 사이좋게 나눠 먹고 그녀들이 잘 가는 맥줏집으로 향했다.

여자들의 생명은 분위기와 안주발이고 종각에 있는 이 맥줏집은 그녀들의 취향과 딱 맞아떨어지는 장소였다.

불토의 저녁은 화려하고 생동감이 넘쳤다.

수많은 젊은이들이 종각 뒤편, 거리에 넘실거리고 있었는데 학생들과 회사원들이 짬뽕이 되어 웃고 떠들며 쉴 새 없이 지나갔다.

그녀들도 그중의 하나다.

꽃다운 27살의 나이였으니 이 젊음은 아직 그녀들의 것이었다.

맥줏집이 있는 빌딩에 도착해서 엘리베이터를 타고 가게로 올라가자 사람들이 웅성거리며 모여 있는 게 보였다.

뭐지?

그녀들이 서로의 얼굴을 바라보며 의아함을 나타냈다.

사람들은 맥줏집 앞에서 뭔가를 보고 있었는데 얼굴에 웃음이 가득 담겨 있었다.

틈을 비집고 앞으로 나가 붙여놓은 벽보를 본 후 그녀들 또한 웃음을 머금었다.


내일 11시 대한의 건아, 최강철의 통합 타이틀전을 맞이하여 무료로 맥주를 드립니다. 많이 오셔서 우리의 영웅 최강철을 응원합시다.

PS, 깡철이가 지면 돈 받습니다. 열 받는데 맥주까지 공짜로 줄 수는 없잖아요!


깔깔깔.

여고생은 아니었지만 주인이 써놓은 내용을 보며 그녀들은 즐겁게 웃었다.

최강철, 복싱 선수이면서 현재 대한민국 여성들에게 인기도 1위를 차지하고 있는 사내였다.

꽃미남들이 바글거리는 영화배우와 탤런트들을 제치고 압도적인 표차로 여성들의 마음을 사로잡았으니 인물은 인물이다.

더 재밌는 건 여자들보다 남자들이 최강철이라면 사족을 못 쓴다는 점이었다.

"미정아, 내일 뭐 해?"

"뭐 하긴 늘 하던 거 해야지."

"그게 뭔데?"

"늦잠."

정혜미의 질문에 윤미정이 뻔뻔하게 대답하며 왜 묻냐는 표정을 지었다.

하지만 정혜미는 물론이고 김선숙까지 그녀의 답변에 완벽한 공감을 나타내고 있었다.

그녀들도 그렇기 때문이었다.

직장 생활을 하면서 6일 내내 새벽부터 일어나 부산을 떨어댔으니 일요일만큼은 세상천지가 개벽해도 이불 속에 누워 자유를 만끽했다.

"이것아, 오늘 우리 사무실 분위기가 어떤 줄 알기나 해?"

"무슨 일 있었어?"

"최강철 때문이지. 오늘 하루 종일 우리 사무실 남자 직원들이 최강철 이야기만 하더라."

"하긴, 우리 사무실도 그랬어. 그런데 그게 뭐 어쨌다고?"

"바보야, 매력적인 여자는 남자들의 관심사에 민감해야 돼. 내가 좋아하는 김 대리님이 최강철이라면 자다가도 벌떡 일어날 정도야. 그러니 내가 그 사람 시합을 안 볼 수 있겠어?"

"네가 권투를 본다고?"

이건 정말 어이없는 일이다.

정혜미는 운동하고는 지금 이날 이때까지 담을 쌓고 살아온 여자였고 심지어 텔레비전에서 요가만 나와도 채널을 돌릴 정도였다.

두 여자가 동시에 정혜미의 얼굴을 바라보다 불현듯 뭔가 생각난 것처럼 천천히 입맛을 다셨다.

그녀의 말이 일리가 있기 때문이다.

비록 좋아하는 사람이 없다 해도 남자 직원들의 대화에 자연스럽게 끼어든다면 충분히 매력적인 여자로 변신해서 시집을 갈 수 있을 것 같았다.

\*           \*           \*

서울대 학생회관에 아침 8시부터 학생들이 몰려들었다.

경영대학 학생들이었다.

하지만 그 속에는 다른 학과에 다니는 학생들도 꽤 많이 포함되어 있었는데 9시가 되기 전에 이미 학생회관이 사람들로 꽉 들어찼다.

대학의 근본은 자유다.

자유로운 사상, 자유로운 학문, 자유로운 행동.

그런 것이 있기에 자유를 억압하는 모든 것의 저항은 대학으로부터 시작되는 것이다.

그렇기에 이런 현상이 특이하다.

교수의 지시로 인해 학생회가 행사를 주최했다고 해서 이토록 많은 대학생이 모였다는 건 말이 안 된다는 뜻이다.

학생회에서 만든 응원 격문들이 여기저기 나붙었고 학생들의 표정에는 긴장감이 가득 들어차 있었다.

이제 2시간만 있으면 거대한 전쟁이 시작되기 때문이다.

김철중과 일당들은 9시까지 오라는 말을 들었으나 아침 6시가 조금 넘어 학생회관으로 들어왔다.

제일 앞자리에서 가장 잘 보이는 곳에서 응원을 해야 한다는 절박감이 그들을 그렇게 만들었다.

하지만 세상에는 미친놈들이 너무나 많다.

서울대는 공부에 미친놈들이 흘러넘치도록 많다는 걸 예전부터 알았지만 이런 일에도 미친 짓을 할 줄은 꿈에도 몰랐다.

학생회관에는 벌써 맨 앞줄 로얄석에 50여 명이 몰려 있었는데 거기에는 학생회장과 83학번 선배들도 여럿 보이고 있었다.

더 웃긴 건 어둠을 뚫고 계속해서 사람들이 자신들의 뒤를 쫓아 들어오고 있다는 것이었다.

"야, 일단 가방 던져."

"오케이."

김철중의 지시에 따라 일당들이 로얄석을 향해 뛰어가 가방을 날렸다.

오늘은 선배에 대한 양보란 단어가 그들의 머릿속에서 완벽하게 지워진 날이다.


대한민국의 고요.

나라 전체를 장악하고 있는 이 고요의 정체는 태풍의 눈에서 발생하는 폭발 직전의 침묵이었고 긴장이었다.

웰터급 세계 타이틀 통합챔피언 1차 방어전.

그 주인공은 바로 허리케인 최강철이었고 상대는 듀란이었다.

세계는 이들의 대결을 거대한 전쟁이라 불렀다.

대한민국 국민들이 이토록 최강철의 경기에 열광하는 이유는 뭘까.

대한민국에는 현재 4명의 세계 타이틀 홀더들이 있으나 프로 복싱이 최전성기를 구가하고 있음에도 전 국민이 통째로 미쳐 버리는 이런 지독한 관심은 받아본 적이 없다.

언론은 사람들의 반응을 먹고사는 괴물이다.

시합이 벌어지기 한 달 전부터 대한민국의 언론은 온통 최강철의 기사로 도배가 되고 있었다.

사람들이 그렇게 만들었다.

사람들의 관심과 기대가 온통 이 한판의 시합에 쏠려 있었으니 언론이 연신 떠드는 건 당연한 일일 것이다.

광기가 대한민국을 휩쓸었다.

최강철의 승리를 간절하게 바라는 광기가 말이다.

심리학 박사 박종용은 한 신문과의 인터뷰에서 국민들의 뜨거운 반응에 대해서 이렇게 분석했다.

"우리나라는 일본의 강합에서 독립한 후 동족상잔의 전쟁을 겪었고 지독한 가난을 벗어나기 위해 필사적인 노력을 했지만 또다시 오랜 시간 동안 군사독재에 시달리며 죽음과 같은 절망 속에 사로잡혀 왔습니다. 비록 한강의 기적이란 경제성장을 이루었으나 그런 세월을 지내면서 사람들은 자존심에 커다란 상처를 입었고 스스로에 대한 부끄러움과 자신도 모르게 영웅에 대한 그리움을 갖게 된 것입니다. 최강철 선수의 출현은 영웅에 대한 사람들의 환상을 완벽하게 구현한 것이라 생각합니다. 세계의 복싱 팬들은 최강철 선수를 허리케인이라 부릅니다. 거침없이 싸우는 그의 복싱이 그만큼 투지로 가득 차 있기 때문입니다. 더불어 그는 강자들을 연파하며 통합 챔피언에까지 올랐습니다. 자랑하고 싶은 겁니다. 우리도 이런 영웅이 있다는 것을 말입니다. 그렇기에 사람들은 그를 사랑하고 그에게 커다란 응원을 보내는 것이라 생각되는군요."

＊　　　　＊　　　　＊

최강철은 호텔을 떠나면서 많은 사람과 인사를 나눴다.

아침 일찍 찾아온 돈 킹의 얼굴에는 평소에 짓던 웃음 대신 긴장감이 잔뜩 담겨 있었다.

그가 보유한 유일한 슈퍼스타 허리케인의 출전.

허리케인은 그의 자랑이자 명예였고 미래에 대한 보장이었기에 천하의 돈 킹마저도 긴장감을 숨기지 못했다.

"허리케인, 나는 자네를 믿네."

"나는 나를 믿어주는 사람에게 실망을 주지 않을 겁니다."

최강철이 입술을 굳게 다물며 돈 킹이 내민 손을 붙잡아주었다.

남들은 그를 돈벌레라고 부르고 있으나 그는 자신을 믿어주고 성장시켜 준 은인이었으니 충분히 존경받을 만하다.

그것으로 족하다.

세상을 살아가면서 누군가의 믿음을 받는 것은 그 자체만으로도 충분히 감동스러운 일이 아니겠는가.

호텔을 나설 때마다 사람들은 그를 향해 조용히 손을 들어주었다.

결전의 날.

예전처럼 달려와 사인을 원하지는 않았지만 그들의 표정에서, 그리고 몸짓에서 자신을 향한 응원이 더욱더 크게 느껴졌다.

웃어주었다.

걱정하지 말라고. 이번에도 당신들에게 멋진 경기를 선사해 주겠다면서.

더 럼블에서 마련해 준 차를 타고 호텔을 떠날 때까지 서지영은 끝내 모습을 드러내지 않았다.

바보 같은 여자다.

사랑하는 남자가 중요한 일을 할 때 여자는 눈물과 걱정을 절대 보여서는 안 된다는 미신을 철석같이 믿고 있는 여자다.


해가 지면서 어둠이 깔리자 시저 팰리스호텔 특설 링에 화려한 조명이 불을 뿜으며 찬란하게 빛나기 시작했다.

이 경기를 기다린 것은 대한민국 사람들뿐만 아니다.

전 세계의 복싱 팬들은 최강철과 듀란의 경기를 학수고대하고 있었기 때문에 예약 판매가 시작된 지 불과 하루가 채지나지 않아 매진이 되었다.

중동의 왕자들이 속속들이 날아왔고 각국의 재벌들과 할리우드 스타들까지 표를 구하기 위해 난리를 피웠다.

시저 팰리스호텔 특설 링 수용 인원 21,000석 중에서 후원 기업들이 가져간 표의 숫자는 13,000석에 달했기 때문에 일 반인들에 판매된 것은 겨우 8,000석뿐이었는데 로얄석 암표 가격이 10,000달러에 달한다는 소문이 파다했다.

다른 경기에서는 전혀 찾아볼 수 없었던 현상이었다.

아무리 커다란 경기라도 후원 기업들이 알아서 표를 가져 다주었기 때문에 경기를 보는 것은 그리 어렵지 않았으나 이 경기만큼은 유력 인사들은 물론이고 할리우드 스타들이 통 사정해도 표를 구하기 어려웠다.

그런 실정이었음에도 최강철은 자신에게 배정된 표를 이용 해서 그동안 사귀어왔던 사람들을 초청했다.

델 컴퓨터의 마이클 델, 시스코의 CEO 캐에른 파크와 레오 나드 보삭 부부, 빌 게이츠, 버락 오바마, 그리고 서지영과 친 구들까지.

한번 맺은 인연을 소홀히 할 생각이 없었다.

이런 인연은 단순한 경제적인 이익에 의해 움직일 경우 쉽 게 끊어진다는 것을 너무나 잘 알기에 언제나 신뢰로 대해야 만 한다.


화려한 조명을 뿜어내는 특설 링의 불빛을 보면서 최강철 은 잠시 눈을 감았다가 떴다.

특설 링에서 뿜어져 나오는 불빛이 마치 오로라처럼 보였다.

"성일아, 저 불빛 멋있지 않아?"

"난 도대체 너란 놈을 모르겠다. 지금 이 상황에서 그런 소리가 나오냐."

"지금 상황이 어떤데?"

"넌 지금 시합을 앞둔 놈이……."

이성일이 잠시 최강철을 바라보다 입맛을 다시며 눈을 돌렸다.

지금까지 꽤 많은 세월을 같이 지내왔지만 이놈의 정신 구조는 도대체 모르겠다.

이런 상황은 아무리 배포가 큰 놈이라도 긴장해야 되는 게 당연한 건데 최강철은 전혀 그런 모습을 보여주지 않고 있었다.

어제 저녁.

오죽하면 미국 텔레비전에서는 한국의 모습을 특보로 내보내기까지 했다.

지금 한국은 그의 경기로 인해 나라 전체가 전쟁 선포를 하루 앞둔 긴장 속에 빠져 있는 상태였다.

서울의 거리와 사람들의 인터뷰를 보면서 이성일과 윤성호는 마른침을 연신 삼킬 수밖에 없었다.

너무 거대한 기대로 인해 심장이 벌렁거려 숨조차 쉬기 어려울 지경이었다.

사람들은 최강철을 대한민국의 영웅이라고 잠시의 망설임도 없이 부르고 있었다.

영웅이라, 영웅.

자신은 영웅이란 단어의 의미를 정확하게 모른다.

그저 영웅이란 많은 사람에게 존경받는 사람이라고 생각했을 뿐이다.

그런데 지금 대한민국 전체가 최강철을 영웅이라 부르는 사람은 자신이 목숨처럼 소중히 여기는 친구 놈이었다.

"강철아, 점점 나는 두려워진다."

"왜?"

"예전에는 시합에서 질 수도 있다고 생각했어. 세상에는 강한 자들이 산더미처럼 있는데 언제나 이길 수는 없는 법이니까. 하지만 지금은 절대 지면 안 된다는 생각이 들어. 대한민국 전체가 너를 지켜보고 있다, 너를 영웅이라 부르면서. 이젠 네가 지면 대한민국이 지게 되는 거야."

"이 자식아, 무슨 말을 그렇게 거창하게 해."

"거창한 게 아냐. 시합에서 질 수는 있어. 그건 다시 재기하면 되는 거니까. 그런데 국민들이 상처 입는 건 두렵다. 우리로 인해 실망하는 모습을 볼까 봐 그게 두려워."

"우리 성일이가 철들었네."

"인마, 이제 제발 그런 짓 좀 하지 마. 시합을 앞두고 진지해지라고."

"난 충분히 진지하다. 그리고 우리 국민들이 나한테 거는 기대도 알고 있어. 그래서 태극기를 앞세우는 거 아니냐."

최강철이 빙그레 웃으며 이성일을 바라봤다.

사람은 큰물에서 놀아야 한다고 하더니 이성일이 그렇게 변하고 있었다.

복싱을 하면서 자신이 해야 할 일에 대해 최선을 다하는 친구 놈의 모습을 보면서 감탄을 한 게 한두 번이 아니었다.

멋있게 변하는 모습.

전생에서도 이렇게 살았다면 이성일은 자신을 돕느라 등골 빠지는 삶을 살지 않았을지 모른다.

어느 날.

전세까지 빼서 캐나다로 보내주고 컵라면을 먹으며 버티던 날.

외로움이 뼛속까지 스며들어 어쩔 줄을 모르며 지내던 지옥 같은 날.

이성일은 불쑥 찾아와 자신을 멱살을 틀어쥐고 왜 이렇게 병신같이 사냐며, 왜 이렇게 슬프게 사냐며 눈물을 쏟아냈다.

그때 나는 그저 미안하다는 말밖에 할 수 없었다.

그래, 나는 바보였어. 그리고 너무나 슬퍼서 어쩔 줄을 몰랐지.

보내줄 학비가 모자라 망설이고 망설이다가 너에게 전화를 했을 때 다음 날 통장으로 들어온 돈을 보면서 얼마나 미안했는지 모른다.

하지만 그 미안함도 사치라는 걸 늦게 알았어.

나로 인해 네가 겪었던 그 고통.

바보는 내가 아니라 너였더라.

사채까지 얻어서 나에게 준 그 돈으로 인해 네 마누라가 나에게 달려와 소리를 질렀을 때 너는 처음으로 제수씨에게 손찌검을 했었지.

네 마누라가 뭘 잘못했다고 그런 짓을 해.

왜 그렇게까지 했냐. 나 같은 놈이 뭐라고 그렇게까지 했어.

잘못은 내가 했던 거잖아. 모든 잘못은 병신같이 살면서 너를 괴롭혔던 내 잘못이었어.

성일아, 이 자식아. 나는 말이야… 너만 보면 눈물이 나와.

이 지랄 맞은 세상에서 너마저 없었다면 내가 어떻게 버텼을까.

그래서 이젠 그렇게 살지 않을 거고, 너를 괴롭히지도 않을 거야.

걱정하지 마라. 난 절대 지지 않을 테니까.

우리의 남은 삶. 다시는 패배자로 살지 않을 거니까 그렇게 걱정하는 눈으로 나를 보지 마, 이 새끼야!

라커룸에서 대기하는 시간은 지루하다.

듀란이 엄청난 훈련을 하면서 전쟁에 대비해 왔다는 것을 알지만 나 역시 지금까지 준비해 왔던 어떤 경기보다 최선을 다했다.

듀란.

당신을 존경하지만 두려워하지 않는다.

나는 한 번 죽었던 사람이야. 죽음의 맛을 본 놈이 누굴 두려워하겠는가.

더군다나 나에게는 악마에게 받은 강철 같은 심장이 있어.

물론 내가 쓰러질 수도 있겠지.

그러나 그것은 복싱이라는 특수한 시합에서 나오는 한순간의 결과일 뿐 내가 당신을 대하는 자세로 인한 것이 절대 아닐 거다.

왜냐하면 난 이번 시합에서 절대 물러서지 않을 것이고 당신을 쓰러뜨리기 위해 전력을 기울일 것이기 때문이야.

나는 투신이거든.

그러니까 두려워하는 건 내가 아니라 당신이 되어야 해.

투신은 누군가를 두려워하는 단어가 아니잖아. 안 그래?

　이창래는 MBC가 독점 중계권을 따내면서 커다란 보너스는 물론이고 중계진을 이끈 채 미국으로 향하는 영광을 누렸다.

　간절히 부탁했음에도 끝까지 안 된다며 거절을 하던 김도환은 결국 그를 이끌고 최강철에게 데려다 주었다.

　자신의 입으로는 죽어도 말을 하지 못하겠다며 만나게 해 줄 테니 죽이 되든 밥이 되든 알아서 하라는 것이었다.

　그것만으로도 족했다.

　자신이 부탁하면 들어주지 않을 가능성이 컸으나 김도환의 입장을 생각한다면 그것이 어쩌면 최선의 방법이었는지 모른다.

　입이 떨어지지 않았지만 목구멍이 포도청이었고 이번 경기를 따내야 한다는 간절함이 결국 최강철을 향해 한심한 말을 쏟아내게 만들었다.

　그때, 최강철은 자신에게 이런 말을 했다.

　"이 부장님, 그렇게 해드리겠습니다. 방송사 간의 일에 간섭하는 게 옳은 일이 아니라는 건 알지만 도환 형님과 친구라는 인연이 있으니 이젠 제 일이나 다름없습니다. 그리고 언제든지 어려운 일이 있으면 흔쾌히 말해서도 됩니다. 저는 인연을 소중하게 여기는 놈입니다."

뭘까?

너무나 쉽게 일이 풀리자 기쁨보다 의심부터 들었다.

방송국에 근무하면서 수없이 많은 음모와 계략을 겪었기 때문에 순수함을 잃어버린 지 오래되어 최강철의 호의를 받게 되자 불안감이 불쑥 몰려들었다.

하지만 아무리 생각해도 최강철이 자신에게 이런 호의를 베푸는 이유에서 의심을 찾아낼 수 없었다.

최강철은 모든 국민이 영웅이라 부르는 불세출의 스타였으니 자신에게 돌려받아야 할 빛을 만들 이유가 없었다.

캐스터와 해설자 등 10명의 스태프들을 이끌고 미국으로 10일 전에 넘어온 후 최강철을 밀착 마크하며 3번이나 인터뷰를 따냈다.

미국을 비롯해서 전 세계의 언론을 철저하게 차단했던 것과 다르게 최강철은 유독 그가 이끄는 MBC 중계진에게 모습을 드러내어 고위층의 인정을 한 몸에 받게 만들어주었다.

드디어 전쟁이 벌어지는 순간이 되자 캐스터인 이종엽과 해설자 윤근모가 침을 튀기는 게 보였다.

그 모습을 보면서 으스스 몸이 떨려왔다.

최강철은 자신에게 은인이기도 했으나 그것으로 인해 응원하는 게 아니다.

그 역시 한국 사람이었고 최강철의 승리를 간절하게 바라는 마음은 다른 어떤 사람보다 간절했다.

이겨라, 최강철. 그래서 너의 승리를 간절하게 바라는 대한민국 국민들에게 기쁨을 다오.


*          *          *


최강철은 라커룸을 나서며 주변 사람들을 천천히 둘러봤다.

이젠 이런 장면도 익숙하다.

스태프는 단 두 명뿐이었으나 그를 따르는 사람들은 손가락으로 셀 수조차 없을 만큼 많았다.

시합이 있을 때면 인사만 하고 링 사이드의 VIP석으로 돌아갔던 돈 킹과 톰슨은 아예 출전할 때까지 라커룸에 있다가 조용히 뒤를 따라왔고 10여 명의 경호원이 벽을 친 앞과 뒤쪽에는 수많은 카메라와 기자들이 쫓아왔다.

복도를 걸어 경기장에 들어서는 순간 관중들의 열기가 폭발하며 얼굴로 훅 다가왔다.

이미 링 위에는 도전자 듀란이 올라와 가볍게 몸을 풀고 있는 중이었다.

"허리케인, 허리케인!"

자신을 부르는 관중들의 함성 소리에 손을 들어주었다.

옆에 선 이성일은 대형 태극기를 든 채 따라오고 있다가 관중들이 함성을 지르자 한껏 치켜세우며 고함을 질렀다.

이 자식아 그냥 들고만 있어. 쪽팔리잖아.

천천히 걸어 링으로 올라갔다.

그런 후 링의 중앙에 태극기를 들고 걸어가 바닥에 내리꽂으며 오른팔을 번쩍 치켜들었다.

태극기를 든다는 것은 조국의 명예를 걸고 싸운다는 뜻이다.

하지만 최강철처럼 전 세계적으로 두꺼운 팬 층을 형성하고 있는 슈퍼스타에게는 훨씬 많은 약점이 새로 생긴다는 것을 의미하기도 했다.

국가라는 단어가 튀어나오는 순간 국적이 다른 사람들은 거부감을 나타내기 때문이었다.

그럼에도 최강철은 한 치의 망설임도 보이지 않았다.

나는 대한민국 사람이고 국민들에게 영웅으로 불리고 있으니 그에 맞게 행동하는 것이 당연하다는 게 그의 생각이었다.

어쩌면 그건 듀란도 마찬가지 생각이었을지 모른다.

옛날 레너드와 대결할 때 미국의 침공을 겪었던 파나마 국민들의 분노를 등에 업고 싸웠던 듀란도 언제나 국기를 들고 나왔다.

지금도 마찬가지.

그 역시 파나마의 영웅으로서 국기를 걸고 싸울 생각인 게 분명했다.

"강철아, 몸 풀어."

"알겠습니다."

인사를 하고 들어오자 윤성호가 최강철의 등을 떠밀었다.

순순히 수긍을 하고 코너 주변에서 왔다 갔다 하며 스텝을 밟았다.

크게 의미 있는 짓이 아니라는 건 안다. 이미 라커룸에서 새도복싱으로 가볍게 땀을 낸 상태였기 때문에 충분히 몸은 풀어져 있었다.

슬쩍 눈을 들어 듀란을 보자 고개를 좌우로 꺾으며 자신의 스태프들과 이야기를 하고 있는 것이 보였다.

화면에서 본 그 사람. 전설의 명트레이너로 불리는 레이 아르셀이 듀란의 귀에 대고 뭐라 소리치는 게 보였다.

저 사람은 이 경기를 위해 뭘 준비했을까.

궁금하기도 하고 기대가 되기도 했다.

강한 적수와의 전쟁. 사람들은 이 경기를 거대한 전쟁이라 불렀지만 자신에게는 반드시 극복해야 할 산을 정복하는 것뿐이다.

그리고 자신은 그 산을 정복할 준비가 충분히 되어 있었다.

"강철아, 조금이라도 히팅을 당하면 물러서야 해. 연타를 당하는 순간 위험하다는 거 잊지 마. 알겠어?"

"예."

"듀란은 다른 놈들하고 다르다. 어쩌면 단발 공격에 당할 수도 있어. 정신 바짝 차리란 말이야. 정신을 잃어버릴 정도로 강한 펀치를 맞아도 무조건 스텝을 멈추면 안 된다. 그게 안 된다면 차라리 다운을 당해. 다운을 당하는 건 부끄러운 게 아니야. 강한 자가 이기는 것이 아니라 이긴 자가 강한 것이다."

"예."

"놈은 맹수다. 한 번 물면 놓지 않아. 물지 못하게 미리 막아야 해. 특히 압박 스텝 신경 쓰고."

"알았습니다."

윤성호가 긴장된 표정으로 고함을 질렀다.

그동안 링에서는 아나운서가 초대된 손님들을 소개시켰고 주최 측에서 공식적인 경기 선언이 이어졌다.

"강철아, 가자!"

모든 식이 끝나고 마지막 순서를 위해 레퍼리가 링의 중앙으로 부르자 윤성호와 이성일이 한 몸이 되어 중앙으로 걸어

갔다.

국가 연주가 시작되었기 때문이다.

사람들은 외국에 나가면 애국자가 된다고 한다. 그것은 자신과 다른 나라 사람들에게 동질감을 느끼지 못하기 때문인데 이국에 와서야 국가의 소중함을 뼈저리게 느낀다.

다른 문화, 다른 음식, 다른 생각.

이 모든 것이 애국자가 되게 만드는 원인들이다.

최강철은 머리에 태극기를 두르고 애국가를 끝까지 따라 부른 후 자신의 코너로 들어왔다.

그런 후 링 아나운서의 선수 소개를 들었다.

새삼스러운 일이지만 듀란의 소개는 더할 나위 없이 거창했다.

라이트급에서 시작해서 4체급을 석권하는 동안 92전을 치렀고 그중 73번을 KO로 끝냈다.

더군다나 챔피언 방어전에서 기록한 11연속 KO승은 전무후무한 것이었다.

듀란의 소개가 끝나자 관중들이 기립 박수로 그의 인사를 받아주었다.

관중들이 기립 박수를 보내준 것은 그에 대한 존경의 표시였다.

하지만 관중들은 최강철이 소개될 때도 앉지 않았다.

21전 21KO승.

승률 100%의 압도적인 전적 때문이 아니다.

비록 전적은 듀란에 비해 형편없이 적었으나 지금까지 보여주었던 최강철의 경이적인 파이팅이 관중들로 하여금 자리에 앉지 못하게 만들었을 뿐이다.

경기가 시작되기도 전에 시저 팰리스호텔 특설 링은 이미 광기로 그득 찼다.

폭발 직전의 긴장감.

최강철은 반대쪽 코너에서 껑충거리며 뛰고 있는 듀란을 서늘하게 가라앉은 눈으로 바라보았다.

언제나처럼 듀란은 껑충거리며 뛰고 있었는데 저 어리숙한 스텝이 수많은 선수를 죽음 속으로 몰아넣었다.

레퍼리의 손짓에 의해 링의 중앙으로 나가자 듀란이 자신의 눈을 강하게 쏘아봤다.

지금까지 와는 전혀 다른 눈빛이었고 맹수가 먹이를 잡아먹을 때 나타내는 살기도 포함되어 있었다.

최강철은 그 시선을 바라보며 입꼬리를 끌어 올린 후 이를 드러냈다.

이봐, 듀란. 나를 먹잇감으로 착각하지 말라고 경고했잖아. 그런 시선은 초식동물에게나 나타내는 것이지 당신을 잡아먹기 위해 나온 나에게는 어울리지 않는 거야.

기다려, 곧 그것을 증명해 줄 테니까.


                    *              *              *


꽃다방은 오늘도 초만원이었다.

자리가 없음에도 꾸역꾸역 기어 들어와 복도에까지 사람들
이 들어찼기 때문에 오줌을 싸러가기도 힘들 지경이었다.

벌써 최강철 경기를 중계하는 특집 방송이 시작된 지 2시
간 가까이 흐르자 사람들이 초조함을 감추지 못하고 안달을
부렸다.

특히 김영호와 류광일이 앞에 앉아 있던 40대 대머리와 곱
슬머리는 연신 투덜거리며 신경질을 냈기 때문에 눈살이 저절
로 찌푸려질 정도였다.

"아이, 씨발. 미치겠네. 오픈게임 보다가 질려 죽을 뻔했는
데 뭐야, 이거. 또 광고야. 아, 이런 씨발 좆도."

"좆만 한 새끼들이 돈만 밝혀서 그래. 무슨 광고를 열 몇 개
씩 하는 거야. 씨발 놈들이 아주 우리를 홍어 좆으로 본다니
까."

친구는 친구를 닮는다더니 같이 있는 놈도 아가리에 욕을
달았다.

그 소리를 듣고 있자니 저절로 주먹이 쥐어졌다. 생각 같아

서는 앞에 앉아 있는 두 놈의 아구창을 한 방씩 갈기고 싶은 심정이었다.

가뜩이나 초조해 죽겠는데 자꾸 성질을 건드리는 놈들의 주둥이가 그 옛날 심청전에 나오는 뺑덕어멈을 연상시켰다.

눈꼴 시린 장면을 겨우겨우 참아가며 시선을 텔레비전에 고정시켰지만 두 놈의 설레발은 끊이지 않았다.

듀란에 이어 최강철이 출전할 때 잠시 조용하던 놈들이 또다시 떠들면서 신경을 거슬리게 했다.

"지랄들 한다, 지랄을 해. 광고 끝나니까 이제 링 아나운서가 나와서 시간을 끄는구만. 저 새끼들은 왜 소개하고 지랄이야. 어이구, 할 일 더럽게 없네. 시간이 아깝다. 시간이 아까워."

"이젠 국가까지 연주하네. 이 새끼들 아주 사람을 말려죽일 작정이구만. 질질… 질질질. 권투 경기 한 번 보기 더럽게 힘들다, 힘들어!"

"얼씨구, 저 레프리 떠드는 건 안 하면 안 돼? 맨날 똑같은 얘기 뭐 하러 하는 거냐?"

아주 쌩 쇼를 한다.

지들 딴에는 남들 들으라고 떠드는 것 같은데 옆에서 계속 듣고 있자니 속에서 천불이 올라왔다.

그럼에도 참았다.

이제 곧 경기가 벌어질 참이었기에 걸레를 입에 문 놈들에게 시비를 걸기 싫었다.

"우와, 깡철이 눈빛 봐라, 죽여준다."

꽃다방에 있는 사람들 모두가 동시에 느낀 감정이었던지 잠시 동안 소란스러움이 멈췄다.

하지만 진짜는 최강철이 애국가를 따라 부른 후 레퍼리가 주의 사항을 주기 위해 양 선수를 중앙으로 불러 모았을 때였다.

듀란의 시선을 받은 최강철의 시선은 무서우리만치 냉정하게 가라앉아 있었고 두 눈은 마치 호랑이처럼 번들거렸다.

이것 또한 이전과는 다른 변화였다.

상대 선수가 쏘아봐도 시선을 피하거나 고개를 숙이던 예전과 다르게 최강철은 듀란의 시선에 맞서 눈 하나 깜박이지 않고 마주 노려보고 있었는데 불꽃이 튀어나올 것처럼 강렬한 시선이었다.

"우리 깡철이가 아주 작정했구나. 오히려 듀란이 움찔하는 것 같네. 그렇게 보이지 않아?"

"야, 말 시키지 마. 뭐가 이렇게 살 떨리냐. 그냥 눈빛만 교환하는데도 오줌이 마려우니 이거 시합 보다가 심장마비 일어나는 거 아닌지 모르겠다."

최강철은 코너로 돌아왔다가 링 줄을 잡고 가볍게 주저앉았다가 일어선 후 고개를 좌우로 꺾었다.

모든 것은 끝났고 이제 전쟁이 시작될 시간이다.

관중들은 공이 울리지도 않았는데 흥분과 긴장으로 인해 벌써부터 고함을 지르며 시합이 시작되기를 기다렸다.

때앵!

공이 울리는 소리가 생생하게 들려오는 순간 링의 중앙을 향해 성큼성큼 걸어 나가 마주 다가온 듀란을 향해 주먹을 내밀었다.

당신도 기다렸겠지.

하지만 나는 당신보다 훨씬 더 이 순간을 기다리고 있었어.

나는 오늘 복싱 역사상 영원히 기억될 정도로 큰 사고를 칠 거야.

전설의 돌주먹 듀란, 당신을 상대로.

복싱에서 상대의 전략은 마주친 첫 순간에 곧바로 나타난다.

물론 세부적인 전략과 비장의 무기는 결정적인 기회에 터져 나오겠지만 커다란 밑그림은 경기 시작부터 곧바로 터져 나오게 되어 있다.

특히 듀란이란 선수가 지닌 피지컬은 절대 다른 스타일을 생각할 수 없을 정도로 확고하다.

그것은 바로 그가 복서로서 명성을 날려 온 20여 년 동안 한 번도 바꾸지 않았던 불꽃같은 인파이팅이다.

위잉.

링의 중앙에 마주치자 듀란은 단발 라이트 훅을 최강철의 관자놀이를 향해 던져왔다.

잽조차 생략한 강력한 펀치였다.

최강철은 뒤로 한 발 물러서며 펀치를 피한 후 곧장 연속으로 레프트 잽을 던졌다.

파앙, 팡, 팡!

첫발은 빗나갔지만 두 번째와 세 번째는 듀란의 머리를 훑고 회수되었다.

그때부터 최강철은 링을 돌면서 레프트 잽으로 거리를 확보했다.

바로 레너드가 듀란을 무너뜨릴 때 썼던 전략이다.

듀란의 공격 범위에서 벗어난 지점을 확보한 후, 거리를 주지 않은 채 외곽으로 돌다가 기회가 났을 때 공격을 터뜨리며 빠져나가는 게 그의 첫 번째 전략이었다.

처음에는 통하는 것처럼 보였다.

듀란의 발이 느린 건 아니었으나 충분히 제어할 수 있을 거라 판단되었고 실제로도 경기는 그렇게 흘러갔다.

최강철을 따라 오며 펀치를 날리던 듀란의 스텝이 서서히 변하기 시작한 것은 1라운드 중반이 지났을 때부터였다.

갈지자 스텝.

최강철의 후퇴 경로를 따라 방향을 선회하며 퇴로를 차단하는 스텝이 교묘하게 움직이기 시작했다.

사각의 링은 누군가에게는 넓고 누군가에게는 좁다.

사각의 링은 도망갈 곳이 없다고 말할 정도로 제한된 공간이기 때문에 아웃복싱을 하는 선수에게 링 사이드나 코너는 무덤과 같은 곳이었다.

듀란의 압박 스텝은 분명 챠베스의 '컷 오브 더 링'과 유사한 것이었다.

상대가 움직이는 방향을 따라 거울처럼 움직이는 것.

사각의 링을 팬케이크처럼 잘라서 공격자의 스텝이 상대의 스텝을 커트하게 되면 아무리 현란한 스텝을 가진 아웃 복서라도 결국은 링 사이드나 코너 쪽으로 몰리게 된다.

이것이 바로 '컷 오브 더 링'이다.

듀란은 지금까지 이런 기술을 써본 적이 없다.

워낙 강력한 주먹을 지녔고 스태미나가 뛰어났을 뿐만 아니라 발도 느린 편이 아니어서 웬만한 아웃 복서들은 그의 폭발적인 인파이팅을 견디지 못한 채 나가떨어졌다.

최강철은 사이드로 빠져나가다가 방향을 선점한 듀란의 오른발이 불쑥 가로막으며 펀치가 날아오자 급히 백 스텝을 이용해서 뒤로 빠졌다.

곡선 움직임은 직선을 당해내지 못한다는 원리가 그대로 적용된 것인데 여기서 '컷 오브 더 링'을 극복하기 위한 유일한 방법은 결국 난타전밖에 없다.

최강철의 입술 끝이 슬그머니 올라갔다.

밀린다. 그것도 찔끔찔끔 미세하게 코너와 링 사이드로 밀리고 있었다.

연속으로 잽을 내면서 상대의 접근을 차단했으나 듀란은 그때마다 카운터를 날리며 압박을 멈추지 않았다.

레이 아르셀, 좋은 전략을 준비해 왔구나.

펀치를 피해 왼쪽으로 돌아나가는 순간 불쑥 듀란의 얼굴이 정면에서 나타났다.

벌써 몇 번째인지 모른다.

계속 똑같은 일이 반복되자 마치 무림에서 나오는 기관 진식에 걸려든 느낌이 들었다.

부웅, 부웅!

자신의 퇴로를 기다렸다는 듯 듀란의 강력한 양 훅이 관자놀이와 복부를 향해 터졌다.

암 블로킹으로 막았으나 팔이 욱신거릴 정도로 강한 펀치였다.

"예상대로 '컷 오브 더 링'이야. 그런데 훨씬 정교해."

"레이 아르셀이 더 가다듬은 것 같아. 이렇게 계속 진행하면 결국 잡힌다. 어쩔래?"

이성일이 먼저 말했고 윤성호가 뒤를 이었다.

1라운드는 일방적으로 밀렸다.

펀치의 숫자는 비슷했고 결정적인 펀치는 맞지 않았지만 계속 뒤로 밀렸기 때문에 점수 면에서는 뒤졌다고 볼 수밖에 없었다.

하지만 최강철은 윤성호의 질문에 고개를 흔들었다.

"한 라운드만 더 가보죠. 듀란이 뭘 또 준비했는지 더 확인해야겠어요."

"좋아, 그렇게 해. 하지만, 점점 위험해질 거야."

"압니다."

"강철아, 딱 한 라운드만이다. 하지만 더 이상 안 돼!"

"걱정하지 마세요."

최강철은 자리에서 일어나며 윤성호와 이성일을 향해 희미한 웃음을 지어 보였다.

역시 듀란이다.

허공을 가르는 펀치에서 들려오는 파공성이 모골을 송연하게 만들었고 커버링에 얹히는 주먹들은 은은한 통증을 줄 만큼 위력적이었다.

그럼에도 두렵지 않다.

나는 내가 살고 있는 세상은 어차피 지옥이잖아.

링의 중앙으로 나가자 듀란의 스텝이 여전히 물밀듯 압박해 들어왔다.

최강철의 현란한 스텝은 그의 '컷 오브 더 링' 전략에 연신 차단되며 펀치를 허용했다.

역시 한 가지가 더 있다.

화살처럼 쏘아지는 최강철의 레프트 잽을 때려잡기 위해 듀란의 레프트 훅이 날아왔던 것이다.

같이 맞고 때린다는 전략이었다.

펀치력에서 우위에 있다고 생각했기 때문인지 듀란은 최강철의 레프트 잽이 나올 때마다 강한 레프트 훅을 날려왔다.

저절로 움츠러들었다.

그가 지닌 레프트 잽의 위력이 날카롭다 해도 듀란의 레프트 훅과는 위력 면에서 상당한 차이가 있기 때문에 같이 맞고 때리는 건 자살행위나 다름없었다.

듀란의 접근을 차단하던 레프트 잽까지 막히자 상황은 점점 불리하게 변하기 시작했다.

거침없는 공격.

듀란은 뒤로 물러나는 최강철을 따라다니며 연신 돌주먹을 날려 서서히 코너로 몰아넣었다.

이것 역시 완벽한 공격을 시행하기 위한 사전 전략의 일환이다.

아웃 복서의 움직임을 차단하고 정신없이 뒤로 물러나게 만들어 더 이상 도망가지 못하도록 묶어놓은 후 쓰러뜨린다는 전략.

최강철은 뒤에 닿는 링 로프를 느끼며 급히 벗어나기 위해 사이드스텝을 썼으나 이미 늦은 상태였다.

듀란의 주먹이 기회를 놓치지 않고 번개처럼 터지기 시작했다.

콤비네이션.

로프에 상대를 묶어놓았을 때 그가 지닌 막강한 위력의 연타 공격이 무차별적으로 쏟아졌다.

최강철은 완벽하게 커버링을 한 상태에서 듀란의 공격을 받아들이며 위빙과 더킹으로 펀치를 흘려냈다.

빠져나갈 구멍이 없다.

듀란은 빠져나갈 수 있는 퇴로를 완벽하게 차단한 채 근접 거리에서 펀치를 갈기고 있었는데 최강철이 빠져나가려 할 때마다 몸통을 끌어안고 도망가지 못하도록 만들었다.

일방적인 경기.

관중들의 고함 소리가 마치 천둥처럼 들렸다.

내가 상대를 공격할 때도 이런 함성 소리가 경기장을 가득 적셨겠지.

*　　　　*　　　　*

"아니, 씨발. 이게 뭐야! 저 새끼는 왜 반격조차 못 하냐고. 아이고, 미치겠네."

"얼마나 기다려서 보는 경긴데 병신처럼 당하고만 있어. 저 게 허리케인이라는 최강철 맞아?"

"졌네, 졌어. 아무리 잘 봐줘도 4라운드를 못 버티겠어. 방 송국 이 개새끼들이 광고 틀어대면서 질질 끌 때부터 알아봤 어. 저런 새끼를 내가 응원하겠다고 시간 아깝게 여기 와서 죽치고 앉아 있었으니 한심하다, 한심해."

"내 말이 그 말 아니냐. 팔은 붙들어 맨 거야, 뭐야. 병신 같 은 새끼. 저렇게 일방적으로 얻어터질 거면 뭐 하러 링에 올라 간 거야?"

곱슬머리와 대머리가 번갈아가며 떠드는 게 꽃다방 전체에 들렸다.

최강철이 불리한 경기를 하고 있었기 때문에 사람들은 안 절부절못하며 침묵을 지켰기 때문에 그 목소리는 더욱 크게 들렸다.

그것이 놈들을 더욱 고무시켰던 모양이었다.

"영웅 좋아하고 자빠졌네. 저런 새끼가 영웅이면 나는 성웅이겠다. 어쩌다 챔피언 딴 거 가지고 하도 떠들길래 오랜만에 구경 왔더니 완전히 시간만 버렸구만. 에잉, 집에서 늦잠이나 잘 걸 괜히 왔잖아."

"최강철, 저 새끼 실력이 과대평가된 거야. 좆도 아닌 놈을 언론이 마구 띄워주는 바람에 국민들이 현혹된 거지. 내가 봤을 때 다음 라운드에서 작살나게 얻어터지고 끝날 거 같다. 잘됐지, 뭐. 얼른 집에나 가자고."

놈들이 떠드는 걸 듣고 있던 김영호와 류광일의 이마빡이 점점 하늘로 솟구치기 시작했다.

그건 꽃다방에 있던 사람들도 마찬가지였는데 놈들의 말이 계속될수록 성질을 참지 못하고 부글부글 끓고 있는 게 눈으로 보였다.

그러나 먼저 칼을 빼 든 건 류광일이었다.

"아이, 씨발. 듣다 보니까 좆 같네. 여기 당신들밖에 없어? 왜 말도 안 되는 소릴 지껄이고 있는 거야!"

"너는 뭐야? 네가 뭔데 우리끼리 이야기하는 거 가지고 시빌 걸어? 이 새끼 웃긴 놈이네."

"야, 이 씨발 놈아. 그렇게 나이 처먹었으면 나잇값을 해. 아직 경기가 끝나지도 않았는데 졌다고 지랄하는 게 맞는 말이냐? 병신들이 꼴값 떨고 있어!"

"뭐라고? 너 일루 와, 이 새끼야!"

"오긴 뭘 와. 난 예전부터 여기 있었다, 이 새끼야. 나와 씨발 놈아. 아주 죽여줄 테니까."

류광일이 방방 뜨면서 멱살을 틀어쥐자 대머리의 모가지가 대롱대롱 매달렸다.

그대로 두면 정말 사고를 칠지 모르기에 김영호가 달려들었고 주변 사람들도 말리느라 꽃다방이 순식간에 난장판으로 변했다.

하지만 그 소란은 3라운드가 시작되면서 금방 사그라졌다.

최강철이 3라운드가 시작되자마자 강력한 원투 스트레이트를 터뜨렸기 때문이다.


두 번째 전략은 듀란이 '컷 오브 더 링' 전략을 들고 나올 것을 대비해서 마련한 것이었다.

선제공격이 바로 그것이었다.

최강철은 밀고 들어오는 듀란을 향해 번개같이 좌우 스트레이트와 양쪽 복부를 향해 훅을 터뜨린 후 빠르게 빠져나왔다.

의외의 상황에 잠시 멈칫했던 듀란의 얼굴에서 미소가 떠오르는 게 보였다.

그 역시 이런 상황을 예측하고 있었다는 뜻이다.

그러나 최강철은 냉정한 시선으로 그의 웃음을 받아넘긴 후 똑같은 패턴으로 듀란의 얼굴을 흔들어놓았다.

뭘 잘못 생각하고 있는 모양인데 내 펀치는 결코 솜방망이가 아냐.

치고 빠진다.

먼저 강력한 공격을 퍼붓고 뒤로 빠지자 압박이 훨씬 느슨해졌다.

그럼에도 듀란은 똑같은 패턴을 유지하면서 계속 다가왔다.

그리고 최강철이 선제공격을 할 때 마주 펀치를 내밀며 거칠게 밀어붙였다.

1, 2라운드와 전혀 다른 양상.

근접전에서 난타전을 벌이는 건 아니었으나 두 선수가 링 전체를 사용하면서 치고받자 관중석이 열기로 가득 찼다.

최강철은 화살처럼 날카로운 레프트 잽을 던져 듀란의 균형을 무너뜨리고 곧바로 비어 있는 공간을 향해 원투 스트레이트를 던졌다.

듀란의 얼굴이 남산만 하게 보였기 때문이다.

그러나 그것은 듀란이 파놓은 함정이었다.

휴우, 듀란. 날 위해 많은 것을 준비해 왔구나.

휘청.

마주 빠져나온 듀란의 라이트 훅에 턱을 맞은 최강철의 신형이 비틀거리며 뒤로 밀렸다.

맞는 순간 반사 신경을 이용해서 고개를 돌렸지만 정신이 멍해질 정도의 충격이 전신을 마비시켰다.

최강철은 슬그머니 이를 악문 채 기회를 잡았다는 듯 밀고 들어오는 듀란의 양쪽 복부를 향해 숏 훅을 날린 후 곧장 어퍼컷을 끌어 올렸다.

충격을 받았다고 해서 뒤로 밀리면 더욱 커다란 위기가 다가온다는 것을 본능적으로 알기 때문이었다.

하지만 듀란은 무지막지한 힘으로 전진해 들어오며 콤비네이션 펀치를 휘둘렀다.

맹수다.

상처 입은 짐승의 목 줄기를 물어뜯는데 복싱 역사상 듀란 같은 포식자는 드물었다.

'윙, 윙… 위잉!

귓가로 스쳐 지나가는 파공성.

듀란의 주먹은 하나하나 살기를 지닌 채 최강철의 숨통을 끊기 위해 공간을 점유하며 무섭게 전진해 들어왔다.

"밀리면 안 돼!"

코너에 있는 이성일의 목소리가 울부짖는 것처럼 들려왔다.

맞다. 밀리면 답이 없다.

최강철은 자신이 가지고 있는 모든 방어 기술을 동원해서 듀란의 펀치를 피하며 계속 복부를 두들겼다.

네가 죽나 내가 죽나 어디 해보자.

당신의 주먹이 대단하다 해도 당신은 이미 늙었다는 걸 알아야지.

최강철은 더 이상 물러나지 않고 듀란의 복부를 연속으로 후려갈긴 후에야 사이드로 빠져나갔다.

압박 전술을 깨뜨리기 위해 준비한 것 중 하나였다.

같은 패턴.

최강철은 뒤로 빠진 후 다시 선제공격을 감행해서 듀란의 접근을 차단했다.

왜 그를 판타스틱4의 일원으로 꼽았는지 알 만하다.

웬만한 선수들은 최강철이 공격을 시작하면 방어에 급급했으나 듀란은 끊임없이 펀치를 쏟아내며 반격을 가해왔다.

더군다나 클린히트를 당해도 고개만 잠시 흔들었을 뿐 밀고 들어오는 것을 멈추지 않았다.

역시 듀란. 당신의 터프한 공격력은 엄지손가락이 저절로 치켜질 정도로 대단하다.

헌즈에게 처참한 모습으로 쓰러지던 당신의 모습이 진짜가 아니라는 걸 이제는 확실히 알겠다.

그래, 이런 강한 모습 정말 좋아.

피가 끓잖아. 내 속에 들어 있는 악마의 피가 말이야.

　　　　*　　　　　*　　　　　*

　"듀란, 또다시 라이트 훅! 대단합니다. 듀란 선수, 절대 물러
서지 않는군요. 최강철 선수의 공격이 정확하게 들어갔는데도
압박을 풀지 않고 있습니다! 불리한 경기가 이어지고 있습니
다. 최강철 선수의 원투 스트레이트를 더킹으로 피한 듀란, 라
이트 보디! 윤 위원님, 계속 최강철 선수가 몰리는 경기를 하
고 있는데요. 어떻게 생각하십니까?"

　"지금은 마땅한 방법이 떠오르지 않습니다. 아무래도 장기
전을 생각해야 될 것 같습니다. 현재 상태에서 난타전을 펼친
다면 오히려 치명적인 대미지를 입게 될지도 모릅니다. 일단은
소나기를 피해야 됩니다."

　"말씀드리는 순간, 최강철 선수, 강한 라이트 훅을 허용했
습니다! 비틀거립니다. 위험합니다! 피해야죠, 반격하는 최강
철 선수. 안 됩니다! 지금은 반격하는 것보다 피해야 합니다!
대미지가 커 보이는데 맞서 싸우면 안 됩니다! 다행입니다. 물
러서는 최강철 선수. 아, 그러나 로프까지 몰렸습니다! 듀란의
강한 공격. 레프트 보디에 이은 라이트 훅. 최강철 선수 위빙
과 더킹으로 피합니다. 빠져나가야 합니다. 저기서 저렇게 대
주고 있으면 안 됩니다!"

"듀란 선수가 못 빠져나가게 막고 있습니다. 저렇게 붙잡고 늘어지면 안 되는데요. 심판은 뭐 하고 있는지 모르겠습니다."

윤근모가 정신없이 떠들었다.

하지만 그도 안다.

지금 듀란이 펼치고 있는 기술들이 아웃복서를 때려잡기 위해 인파이터들이 통상적으로 사용하고 있는 고급 기술이라는 것을.

그럼에도 심판 운운하며 떠들고 있는 것은 최강철이 위기에 몰렸기 때문이다.

"아, 다행스럽게 최강철 선수 로프에서 빠져나와 전력을 다시 재정비하고 있습니다. 하지만 듀란, 놔줄 생각이 전혀 없는 것 같습니다. 최강철 선수 레프트 잽에 이은 원투 스트레이트. 아직 날카롭습니다. 대미지가 그리 큰 것 같지 않습니다!"

"듀란은 돌주먹이라 알려질 정도로 대단한 펀치력을 가진 선숩니다. 지금쯤 최강철 선수는 정신이 없을 겁니다. 이제 얼마 남지 않았으니 잘 버텨주길 바랍니다."

"외곽으로 도는 최강철 선수. 계속해서 뒤로 물러납니다. 말씀드리는 순간 공 울렸습니다. 다행입니다. 정말 다행입니다. 잠시 광고 보고 다시 돌아오겠습니다."

자리에서 일어나 있던 김종엽이 말을 마친 후 자리에 풀썩 주저앉았다.

그동안 최강철의 경기를 중계방송하면서 계속 서서 중계했지만 이번 경기는 위기가 연속되고 있었기 때문에 더욱 힘이 들었다.

물을 벌컥벌컥 들이마시며 즐거워하는 관중들을 노려봤다.

관중들은 누가 이겨도 상관없는 것처럼 보였다.

"윤 위원님, 아무래도 힘들어 보이지 않습니까?"

"이제 3라운드야. 더 지켜봐야 되겠지만 듀란이 너무 강하네. 지독하게 훈련했다더니 전성기 시절을 보는 것 같아. 쓰는 펀치마다 허투루 나오는 게 하나도 없어. 더군다나 전부 예리해서 마치 칼을 휘두르는 것 같단 말이지."

"걱정이네요. 이번 경기에서 지면 우리나라 국민들 실망이 클 텐데요."

"최강철 쪽에서도 여러 전략을 준비해 온 것 같은데 제대로 통하지 않는구만. 그만큼 듀란이 강하다는 뜻이야."

"그래도 믿어봐야죠. 최강철은 우리의 영웅 아닙니까!"

*         *         *

학생회관에 몰려 있는 학생들의 입에서 연신 탄식이 흘러나왔다.

4라운드가 끝날 때까지 최강철은 특유의 인파이팅을 버리고 외곽으로 돌면서 시합을 했지만 듀란의 압박 전술에 말려들어 고전을 면치 못하고 있었다.

김철중과 일당들의 입술은 새파랗게 질려 있었는데 얼마나 긴장을 했는지 온몸에 땀이 흥건했다.

텔레비전의 광고가 눈으로 들어오지 않았다.

빅 이벤트를 맞이해서 방송국은 라운드가 끝날 때마다 4개의 광고를 돌렸으나 학생들은 아예 광고는 쳐다보지 않고 경기를 분석하느라 정신이 없었다.

"강철 선배, 왜 자꾸 외곽으로 도는 거야. 속 터지게시리!"

"인마, 듀란 주먹이 보통 주먹이냐? 난타전을 벌이면 위험하니까 그렇지."

"어차피 안 될 거라면 죽이 되든 밥이 되든 붙어봐야 되는 거잖아. 이러다가 지면 정말 욕을 바가지로 먹는다고!"

"스태프들이 작전을 잘못 짠 거 같아. 저게 뭐냐. 아우, 속 터져."

"이 자식들아, 설레발치지 좀 마. 이제 겨우 4라운드 끝났어. 우리 강철 선배가 그렇게 만만한 사람이냐."

"조금 무기력하게 보이는데 혹시 수업 때문에 훈련을 제대로 하지 못해서 그런 건 아닐까?"

김철중이 소리를 빽 지르자 박정빈이 걱정스러운 얼굴로 중얼거렸다.

그게 일행들의 얼굴을 단박에 어둡게 만들었다.

정말 그것이 원인이라면 미치고 펄쩍 뛸 노릇일 것이다.

저절로 맨 앞에서 텔레비전에 시선을 고정시키고 있는 학과장 윤문호와 교수들에게 시선이 돌아갔다.

"씨발, 그러니까 수업 좀 빼주지. 꼭 그렇게 서울대 고지식한 거 티를 내야겠어. 만약에 강철 선배가 지기만 해봐. 내가 다 뒤집어엎어 버린다!"


                    *          *          *


4라운드가 끝나고 최강철이 코너로 돌아왔을 때 윤성호의 얼굴은 붉어질 대로 붉어져 있었다.

작전이 제대로 먹히지 않는다.

그동안 듀란이 해왔던 경기들을 분석하며 최선의 전략을 짜왔지만 상황이 여의치 않았다.

이유는 단 하나.

듀란이 몰라보게 달라져 있었기 때문이다.

숨소리 하나 거칠어지지 않은 듀란의 공격은 준비해 온 전략들을 완벽하게 부수고 있었는데, 그 배경에는 레이 아르셀이 존재하고 있는 게 분명했다.

나의 능력은 이것뿐인가.

슬쩍 곁눈질로 이성일을 바라보자 놈의 얼굴은 자신과 반대로 하얗게 질려 있었다.

레이 아르셀.

전설의 명트레이너라더니 최강철에 관한 모든 것을 완벽하게 분석해서 전략을 마련해 온 것이 틀림없었다.

가슴이 아파서 견딜 수 없었다.

트레이너들의 능력이 부족해서 최강철이 어려운 경기를 한다고 생각하니 당장에라도 뛰어나가 똥통에 빠져 죽고 싶은 심정이었다.

"관장님, 얼굴이 왜 그럽니까. 어디 아파요?"

"강철아, 괜찮냐?"

"뭐가요?"

"많이 맞았어. 대미지는 어때?"

"충분히 견딜 만합니다. 아직 시합은 시작도 안 했는데 무슨 걱정이 그렇게 많아요. 성일아, 이 자식아. 너 오줌 마렵냐? 오줌 마려우면 참지 말고 다녀와. 얼굴이 그게 뭐냐. 분칠한 것처럼."

"미안하다. 내 능력이 여기까진가 봐. 돌아가면 사표 쓸게."

"지랄한다."

"정말이야, 이 자식아. 지금 네 시합을 보면서 난 죽고 싶은 심정이다."

"웃기지 마. 아직 마지막 전략이 남아 있잖아."

"그건 최후의 수단으로 준비한 거야."

"괜찮아. 지금이 바로 그 시간이다. 나를 믿어. 너 사표 쓸 일 없게 해줄 테니까. 그리고 인마, 네가 무슨 회사원이냐? 사표는 이 자식아, 좋은 직장 다니는 사람들이나 쓰는 거야."


최강철은 물을 한 모금 마신 후 링의 중앙으로 성큼성큼 돌진했다.

그런 후 다가오는 듀란을 향해 바짝 다가서며 번개처럼 좌우 훅을 날렸다.

레프트 훅을 생략하고 곧바로 공격을 펼친 것이다.

그런 후 물러서지 않고 콤비네이션 펀치들을 꺼내들기 시작했다.

넘버 4.

프레디 아두와 시합할 때 썼던 초근접 난타전 콤비네이션이었다.

머리를 상대의 머리에 맞닿을 정도로 바짝 붙은 상태에서 힘으로 상대를 밀어붙이는 전략.

이성일이 제안한 것으로 제프 카터가 재밌는 전략이라고 말했던 바로 그것이었다.

듀란을 상대로 전면전을 펼친다는 말도 안 되는 전략이었으나 이 전략의 묘미는 듀란의 펀치를 무력화시킬 수 있다면 성공 가능성이 꽤나 컸다.

하지만 엄청난 위험도 같이 수반되어 있기 때문에 최후의 수단으로 강구해 놨던 것인데 최강철은 더 이상 기다리지 않고 칼을 꺼내들었다.

최강철은 머리를 맞댄 채 펀치를 난사하기 시작했다.

특유의 전매특허인 콤비네이션 펀치들이 듀란의 전신을 두들기며 날아갔는데 거의 가슴팍이 붙을 정도의 거리에서 터진 것들이었다.

듀란 역시 피하지 않고 펀치들은 날렸으나 당황함을 감추지 못했다.

자신과의 경기에서 이런 전략을 들고 나온 놈은 지금까지 한 번도 없었기 때문에 레이 아르셀도 전혀 예상하지 못한 것이었다.

아웃복싱을 벗어던진 최강철의 인파이팅이 시작되자 관중들이 자리에서 벌떡 일어났다.

최강철의 별명처럼 폭풍이 몰아치면서 관중들은 자리에서 일어난 채 미친 듯이 소리를 치기 시작했다.

당신과 나. 둘 중 누가 죽는지 두고 보자.

무자비한 공격력.

양 선수가 링 한복판에 붙어 난사하는 펀치들이 관중들의 눈을 현혹시켰다.

얼마나 많은 펀치를 주고받았는지 모를 정도로 수많은 펀치가 상대의 몸을 향해 움직이고 있었다.

하지만 펀치의 숫자는 최강철이 훨씬 많았다.

한 번 공격이 시작되자 최강철은 잠시도 쉬지 않고 펀치를 날렸는데 마치 완벽한 기계가 움직이는 것처럼 보였다.

"와아, 와아, 와아. 허리케인, 허리케인!"

이걸 기다리고 있었던 거겠지.

폭탄처럼 함성 소리가 터지고 있었으나 최강철은 눈을 빛내며 듀란의 방어선을 무너뜨리기 위해 전력을 다했다.

팡, 팡, 팡, 파바방!

라운드가 거의 끝나가는 순간, 잠깐 거리를 두고 빠져나왔던 최강철의 펀치들이 듀란의 방어선을 뚫고 강하게 꽂혔다.

처음으로 물러서는 듀란의 모습을 보며 최강철이 회심의 미소를 지었다.

거봐, 당신 체력으로는 나에게 안 될 거라고 했잖아.

뒤로 물러서는 듀란을 따라 들어간 최강철이 또다시 머리를 맞댄 채 펀치를 내갈기기 시작했다.

글러브에 걸렸기 때문에 커다란 충격을 주지 못했겠지만 이 정도만 가지고도 충분하다.

한 번 밀린 자는 계속 밀리게 되어 있어.

그것이 바로 힘의 차이라는 거야.

철벽이 밀려오는 것처럼 파고들던 듀란의 압박이 깨지자 최
강철의 폭풍 같은 연타가 위력을 발휘하기 시작했다.

5라운드에 들어와 최강철이 날린 펀치의 숫자는 거의 400회
를 육박하고 있었다.

잠시도 쉬지 않고 듀란의 몸을 향해 펀치를 날렸다는 뜻이
었다.

우웅, 웅, 우우웅.

최강철의 쇼트 콤비네이션이 물러서는 듀란의 몸통으로 파
고들며 미친 듯이 작렬했다.

듀란이 반격을 가해왔지만 펀치력의 위력은 반으로 줄어든
상태였다.

거리를 바짝 좁힌 상태에서 빠져나온 펀치는 당연히 위력
이 줄어들 수밖에 없다.

때앵!

5라운드가 끝나는 공이 울리면서 레프리가 중간으로 끼어
들자 최강철이 하얀 이를 드러내며 웃었다.

그토록 강해 보이던 듀란의 숨결이 거칠어져 있는 것을 확
인했기 때문이다.


"고국에 계신 국민 여러분, 허리케인의 공격력이 살아났습니

다. 최강철 선수, 무섭게 몰아붙이고 있습니다. 전면전입니다. 더 이상 피하지 않은 채 듀란과 치고받는 난타전을 펼치고 있습니다. 최강철 선수의 쇼트가 듀란의 전신에 작렬합니다. 화려합니다. 그리고 날카롭게 꽂히고 있습니다. 윤 위원님, 듀란이 당황하는 것처럼 보이지 않습니까?"

"그렇군요. 이렇게 나올 줄 전혀 예상하지 못한 것 같습니다."

"말씀드리는 순간, 최강철 선수의 어퍼컷. 맞았습니다! 듀란, 계속되는 최강철 선수의 공격에 정신을 차리지 못하고 있습니다. 계속해서 펀치가 나오고 있으나 확연하게 위력이 줄어든 것처럼 보입니다! 아무래도 거리 때문인 것 같습니다. 최강철 선수의 쇼트 공격이 훨씬 날카롭습니다. 앗, 최강철 선수, 번개 같은 콤비네이션! 듀란, 물러섭니다. 듀란, 맞았습니다. 뒤로 물러서는 듀란. 최강철 선수 따라 들어갑니다. 다시 거리를 좁힌 채 펀치를 주고받는 두 선수. 하지만 듀란 선수, 조금씩 뒤로 밀려납니다! 듀란이 밀립니다. 최강철 선수 완벽하게 살아났습니다!"

"아무래도 최강철 선수가 작정을 하고 나온 것 같습니다. 하지만 위험합니다. 지금까지 잘 싸우고 있지만 듀란 선수와 정면승부를 벌인다는 건 더할 나위 없이 위험한 것입니다. 최강철 선수 강약을 조절해 주기 바랍니다."

"그렇습니다. 그러나 이전 라운드에 비한다면 기적 같은 부활입니다. 시간이 얼마 남지 않았습니다. 최강철 선수 정말 무차별적인 폭격입니다. 단 한순간도 쉬지 않는 것 같습니다. 공울렸습니다. 공 울렸습니다! 레프리가 두 선수를 떼어내기 위해 몸으로 막는군요. 그만큼 무시무시한 싸움이었습니다. 아, 최강철 선수가 듀란을 보고 웃고 있습니다. 윤 위원님, 과연저 웃음의 의미는 뭘까요?"

*      *      *

"할 만하냐?"

"충분합니다. 맞다 보니 이제 견딜 만하네요."

"아직 듀란의 체력이 살아 있다. 그리고 레이 아르셀이 어떤지시를 내릴지 몰라. 만약 대비책을 마련해서 나오면 경기 양상이 달라질 수도 있어."

"레이 아르셀이 아니라 더한 사람이 와도 안 됩니다. 부딪혀보니 준비하지 못했더군요. 물론 준비를 했어도 쉽지 않았겠지만 말입니다."

"강철아, 믿는다. 그러나 끝까지 봐야 해. 듀란은 백전노장이야."

"그게 저 사람의 약점입니다."

윤성호의 걱정을 뒤로하고 공이 울리자 최강철이 벌떡 일어서며 링의 중앙을 향해 튀어 나갔다.

부딪치는 순간 듀란의 강력한 펀치가 소나기처럼 쏟아졌으나 최강철은 위빙과 더킹으로 피한 후 그의 가슴팍을 몸통으로 들이박았다.

물러서지 않는다.

다시 바짝 접근한 최강철의 콤비 블로우가 시작되었다.

밤하늘에서 떨어지는 유성우처럼 셀 수도 없을 정도의 펀치 샤워였다.

몸통 공격에서 시작되어 안면으로 이어지는 최강철의 공격은 듀란이 공격하는 빈틈을 뚫고 끊임없이 작렬했다.

아무리 맷집이 좋은 듀란이라도 계속해서 정확한 공격이 들어가자 섣불리 주먹을 내뻗지 못했다.

이것이 바로 허리케인 최강철의 진정한 무서움이다.

하지만 듀란은 임기응변에 능수능란한 백전노장이었다.

윙, 윙… 파바바방!

점점 최강철의 펀치가 안으로 파고들며 여러 번 안면을 가격하자 듀란은 가딩을 바짝 올린 채 펀치 숫자를 줄였다가 순식간에 십여 발의 공격을 퍼부었다.

공격을 흘려놓은 다음 듀란의 펀치가 쏟아져 나오자 최강철의 신형이 급격히 앞으로 쏠렸다.

나는 클린치를 모른다.

그러나 멍청히 당할 정도로 어리석지도 않다.

사이드로 돌며 암 블로킹과 숄더 블로킹으로 공격을 때려막고 곧장 반격을 이어나갔다.

근본적으로 펀치를 피하기 위해서는 스웨잉과 위빙, 더킹이 가장 효율적이었으나 블로킹을 사용한 것은 듀란에게 잠시의 휴식도 주지 않기 위함이었다.

방어에 이은 반격.

잠시 떨어졌던 몸을 바짝 끌어당겨 다시 머리를 맞대고 좌우 어퍼컷을 난사했다.

접근전에서 가딩을 하고 있는 상대에게 가장 위력적인 공격은 바로 이 어퍼컷이었다.

최강철은 어퍼컷을 때려 듀란의 안면을 흔들어놓고 곧장 양쪽 보디를 공략했다.

막을 수 있다면 막아봐!

결국 라운드가 중반을 넘어서자 듀란의 스텝이 다시 후퇴하기 시작했다.

무차별적으로 쏟아져 나오는 펀치로 인해서가 아니라 끊임없이 체력으로 밀어붙이는 최강철의 압박을 견디지 못했기 때문이다.

소문난 잔치에 먹을 게 없다는 건 이 경기에서 통하지 않는 말이었다.

4라운드까지 밀리던 경기를 했던 최강철의 반격은 그야말로 태풍을 보는 것 같았다.


＊　　　　　＊　　　　　＊


"죽여, 죽여!"

"그렇지. 그대로 밀어!"

"야, 인마. 그땐 어퍼컷을 썼어야지!"

"깡철아, 나 좀 살려줘라. 조금만 더 패. 저 자식 정신없다고!"

꽃다방이 난리가 났다.

그동안 밀리던 경기를 단박에 역전시키며 최강철이 무시무시한 반격을 계속하자 다방을 꽉 채웠던 사람들이 전부 들고 일어나 주먹을 휘둘러 댔다.

그 속에는 대머리와 곱슬머리도 포함되어 있었다.

대머리는 류광일과 시비를 붙은 지 이제 겨우 십여 분이 지났을 뿐인데 어느새 까맣게 잊고 소리를 방방 질러대고 있었다.

그 모습을 보면서 김영호가 류광일을 향해 웃음을 지으며 입을 열었다.

"이게 깡철이지. 난 이럴 줄 알았다."

"막판에 다리 풀렸어. 봤냐, 봤어?"

"누가, 듀란이?"

"그래, 깡철이가 마지막에 로프까지 밀어붙였을 때 듀란 다리가 슬쩍 풀렸다니까."

"네가 소머즈냐. 듀란 다리가 언제 풀려?"

"넌 이 자식아, 소리 지르느라 못 봐서 그래. 분명 다리 풀렸어. 이젠 됐다. 이 경기 깡철이가 이길 거다."

"아직 반밖에 지나지 않았어. 그리고 점수상으로는 아직도 불리해."

"우리 깡철이가 언제 판정으로 가는 거 봤어? 점수는 무슨……."

김영호의 말에 류광일이 거품을 물었다.

하지만 얼굴이 슬쩍 굳어지는 건 막지 못했다. 김영호의 말대로 아직 점수상으로는 확실히 불리했기 때문이다.


*　　　　　*　　　　　*


"최강철 선수가 5라운드에 이어 6라운드에서도 듀란을 일방적으로 몰아붙였습니다. 윤 위원님, 그렇지 않습니까?"

"그렇습니다."

광고가 끝나고 PD의 사인이 들어오자 마이크를 잽싸게 틀어쥔 김종엽이 묻자 윤근모가 물을 마시다 말고 급히 입을 열었다.

그들의 얼굴은 이미 지친 기색이 완연했다.

비록 복싱 중계를 전담하고 있었지만 평소에 운동을 게을리했기 때문에 일어서서 미친 듯이 떠든 게 벌써 20분이나 지나자 얼굴에서 땀방울이 송송 배어 나오고 있었다.

더군다나 목소리가 갈라져 나와 매끄러운 멘트조차 어려울 지경이었다.

"최강철 선수가 갑자기 이렇게 선전을 펼치는 이유가 뭐라고 생각하십니까?"

"복서는 자신이 가장 잘하는 것을 할 때 강한 힘을 발휘하게 됩니다. 그동안 듀란의 주먹을 의식해서 아웃복싱을 펼친 것이 오히려 독이 되었던 것 같습니다. 캐스터께서도 잘 알다시피 최강철 선수의 전매특허는 불꽃같은 인파이팅 아닙니까. 저도 사실 듀란이 워낙 강한 주먹을 가졌기 때문에 아웃복싱을 해야 된다고 생각했는데 막상 전면전이 벌어지자 최강철 선수의 파워가 더 강하군요."

"그럼 계속 이렇게 경기를 펼치는 게 맞을까요."

"파워와 체력에서 우위를 가진 게 증명되었으니 더욱 강하게 몰아붙일 필요가 있을 것 같습니다."

"말씀드리는 순간, 공이 울렸습니다. 이제 7라운드가 시작됩니다. 자랑스러운 대한민국의 건아 최강철 선수, 링의 중앙을 향해 당당히 걸어 나오고 있습니다."

최강철은 링의 중앙으로 나오며 황소처럼 밀고 들어오는 듀란을 확인한 후 확실하게 뒤로 빠졌다.

듀란은 최강철이 또다시 접근전을 펼칠 것이라 예상했던지 선제공격을 가해왔는데 무자비한 롱 훅을 난사해서 접근을 차단할 생각인 것 같았다.

그러나 최강철은 접근 대신 외곽으로 돌며 속사포 같은 레프트 잽을 날린 후 곧장 거리를 확보한 채 그동안 수많은 선수의 목숨을 끊어놓았던 콤비네이션을 꺼내들었다.

내 주먹이 더 빠르다.

당신이 지닌 펀치력의 파워가 어떤지 몰라도 내 펀치 스피드를 당해내지 못할 거야.

머리를 바짝 붙인 채 듀란의 주먹을 경계하며 경기를 펼치던 최강철이 거리를 확보한 상태에서 번개 같은 콤비네이션 연타를 퍼붓자 듀란의 얼굴이 일그러졌다.

펀치의 강도가 접근전에서 펼쳤던 것보다 훨씬 강했기 때문이다.

당연한 일이다.

접근전에서 그의 펀치도 위력이 반으로 줄어들었지만 최강철의 펀치도 마찬가지였다는 것을 잠시 잊었을 뿐이다.

파바바방… 팡, 팡… 빠바방!

거의 10발의 펀치가 무서운 속도로 날아가서 듀란의 전신을 두들긴 후 최강철의 신형이 듀란의 반격을 피해 멀찍이 벗어났다.

그런 후 다시 시작되는 공격.

5, 6라운드와 바뀐 공격 패턴.

완벽한 아웃복싱이 아니라 공수를 교대하듯 펼치는 미들파이팅이었다.

콤비네이션 패턴 1, 2, 3이 불꽃을 뿜어냈다.

최강철은 듀란의 접근을 허락하지 않았다. 그렇다고 전면전을 피한 것도 아니었다.

아웃복싱과 인파이팅의 중간.

그 거리에서 자신이 지닌 모든 화력을 듀란의 전신에 쏟아부었다.

가딩으로 최강철의 주먹을 막아내는 듀란은 해법을 찾아내지 못하고 허둥댔다.

계속되는 최강철의 전략 변화에 미처 대응하지 못하는 모습이었다.

아무리 좋은 가딩도 결국은 깨진다.

지금까지 상대해 왔던 선수들이 최강철의 공격에 견디지 못하고 쓰러진 것은 압도적인 펀치 스피드와 강력한 임팩트에 당한 것이었다.

듀란이 치명적인 대미지를 입기 시작한 것은 반격을 하기 위해 칼을 꺼냈을 때부터였다.

무섭게 몰아치는 최강철의 펀치를 완벽한 가딩으로 방어하며 기회를 노렸으나 대미지가 점점 쌓여가자 그는 방어를 풀고 강력한 반격을 시작했다.

그것이 그를 지옥으로 이끌었다.

최강철은 듀란의 공격이 시작되자 맞받아치지 않고 외곽으로 멀찍이 벗어나 버렸다.

그런 후 그의 공격이 끝나는 순간 번개처럼 자신의 거리를 확보한 후 중거리 미사일을 날렸다.

쾅, 콰앙, 쾅, 쾅!

공격을 하느라 가드가 풀려 있던 듀란의 안면에 최강철이 퍼부은 펀치들이 고스란히 적중되는 순간 그토록 강한 맷집을 자랑하던 듀란의 신형이 비틀거리다가 뒤로 벌렁 넘어졌다.

듀란이 쓰러지는 순간 관중석이 미쳐 날뛰었다.

관중들은 이미 전부 일어서 있었는데 듀란이 최강철의 공격을 견디지 못하고 쓰러지자 우레와 같은 함성을 내지르며 광란에 빠져들었다.

레프리가 가로막으며 카운터를 세기 시작하자 뒤로 넘어졌던 듀란이 팔로 캔버스를 짚으며 일어서는 것이 보였다.

그 모습을 보면서 최강철이 고개를 까닥까닥 움직였다.

멀쩡해 보였으나 지금 듀란의 정신은 지옥 문턱을 왔다 갔다 하고 있을 것이다.

그동안 수많은 펀치를 맞았기 때문에 대미지가 누적된 상태에서 강력한 주먹을 맞았으니 천하의 듀란이라도 쉽지는 않다.

듀란이 일어나 다시 주먹을 치켜세우자 레프리가 시합을 재개하라는 신호를 보내왔다.

뚜벅뚜벅.

서둘지 않는다.

맹수는 강력한 적의 목 줄기를 물어뜯어 치명상을 입혔어도 마지막 순간까지 경계심을 늦추지 않는 법이다.

다운을 당했던 선수들은 상대가 공격해 오는 것을 막기 위해 선공을 가한다는 특성을 가지고 있었다.

그것은 본능에 가까운 것이다.

자신의 상처를 적에게 보여주기 싫어하는 인간의 본능.

하지만 그 본능은 겨우 남아 있던 생명을 단축시키는 결과를 가져온다.

최강철은 일어선 후 맹렬하게 접근하며 공격하는 듀란의 펀치를 피하며 시간을 보내다가 그의 호흡이 정지되었을 때 거리를 확보한 후 무차별적인 공격을 재개했다.

맹수의 마지막은 장렬해야 한다.

그리고 그 장렬함이 눈부시도록 아름다울 때 새로운 역사가 탄생한다.

마지막 불꽃같은 공격을 끝낸 듀란은 최강철의 공격을 받으며 비틀댔지만 눈은 차분하게 가라앉아 있었다.

새로운 시대를 여는 영웅.

그의 눈에 보인 최강철은 이미 자신의 역량을 벗어난 히어로였다.

처음에는 준비된 작전대로 경기가 흘러갔으나 어느 순간부터 예측을 벗어난 공격을 하는 최강철을 보면서 경기가 쉽지 않겠다는 생각이 들었다.

고통스러울 정도로 강한 훈련을 해왔지만 자신의 나이는 벌써 39살이었고 맞붙어 싸우는 인파이팅에서 밀리는 순간 체력의 한계를 느낄 수밖에 없었다.

인파이터가 체력에서 밀린다는 것은 경기를 포기해야 된다는 것과 다름없었다.

절대 밀리지 않을 것이라고 자신했다.

지금까지 90전이 넘도록 싸우면서 이토록 자신을 밀어붙일 정도의 체력을 가진 놈은 본 적이 없으니까.

그러나 최강철은 불과 3라운드 만에 자신의 숨이 목구멍에 차오를 정도로 체력을 깎아놓았다.

머리를 맞대고 날리는 놈의 펀치는 그야말로 전광석화.

권투의 상대성은 때리고 맞는 것이었으나 자신은 3라운드 내내 정신을 차리지 못할 정도로 많은 펀치를 허용하며 뒤로 밀렸다.

잠시도 쉬지 않고 펀치를 내는 최강철의 체력을 보면서 기가 질렸다.

이놈은 진짜… 괴물이다.


최강철은 비틀거리며 뒤로 물러나는 듀란을 향해 성큼성큼 걸어 들어가 마지막 피니시블로를 터뜨렸다.

이미 그의 가드는 내려와 있어 온몸이 허점투성이였다.

몸은 쓰러지기 일보직전이었으나 자신을 바라보는 듀란의 눈을 차분하게 가라앉아 있었다.

그 눈을 보면서 슬쩍 가슴이 아파왔다.

듀란은 그의 우상이었고 가장 존경하는 사람 중의 하나였다.

그럼에도 최강철은 그의 안면을 향해 무쇠처럼 강력한 라이트 훅을 터뜨렸다.

명예를 지켜줘야 한다.

시대를 관통하며 영웅으로 살아왔던 그에게 수치를 줄 수는 없는 것 아닌가.

그 한 방에 로프에 기대 있던 듀란의 몸이 짚단처럼 쓰러지는 것이 보였다.

잘 가시오, 듀란.

나의 영원한 우상이여.

# 제33장
## 물결처럼 I

　"최강철 선수, 엄청난 포화를 퍼붓고 있습니다. 대단합니다!
원투 스트레이트에 이은 양 훅, 번개 같습니다. 정말 엄청난
빠르기의 펀칩니다. 듀란, 뒤로 밀려납니다! 최강철 선수의 별
명이 왜 허리케인인가를 보여주는 공격입니다."

　"이전 라운드와 다르게 거리를 확보하면서 치고 있습니다.
최강철 선수는 이제 듀란의 펀치를 전혀 두려워하지 않는 것
같습니다!"

　"떨어졌다 접근하는 최강철, 강력한 펀치가 연속으로 듀란
의 안면을 흔들어놓고 있습니다! 아, 듀란이 반격합니다. 무시

무시합니다! 하지만 최강철 선수, 외곽으로 피했다가 다시 들어옵니다! 듀란의 공격을 완벽하게 차단하고 다시 공격을 시작합니다. 전율이 피어나는 공격입니다. 윤 위원님, 듀란이 많이 맞았습니다. 당황한 것 같지 않습니까?"

"최강철 선수의 전략이 변화무쌍하게 바뀌고 있기 때문에 당황하고 있습니다. 최강철 측의 전략이 너무 단순했다고 생각했는데 제 생각을 바꿔야 할 것 같습니다. 최강철 선수 측에서 이렇게 무서운 전략을 만들어놓았을 줄을 꿈에도 생각하지 못했습니다."

"앗, 말씀드리는 순간 최강철 선수의 강력한 원투 스트레이트, 양 훅! 듀란, 듀란, 쓰러졌습니다! 아악! 다운입니다, 다운! 최강철 선수의 펀치를 맞고 듀란이 쓰러졌습니다! 고국에 계신 시청자 여러분, 듀란이 다운되었습니다!"

"폭발적인 연타에 맞았습니다. 엄청난 맷집을 가지고 있는 걸로 알려진 듀란이 쓰러졌습니다! 아, 일어나네요. 아직 경기 끝나지 않았습니다. 침착해야 됩니다!"

일어나서 중계를 하던 김종엽이 다운을 당하는 듀란의 모습을 보면서 거품을 줄줄 흘려냈다.

하지만 그건 윤근모도 마찬가지였다.

두 사람은 연신 번갈아가며 정신없이 떠들고 있었는데 그들의 두 팔은 하늘로 번쩍 올라가 있는 상태였다.

그 상태 그대로 중계를 이어갔다.

입을 떠억 벌린 채 기뻐하던 그들은 듀란이 정신을 차리고 일어서자 또다시 긴장감에 사로잡혔다.

"듀란 선수, 다운을 당했다가 일어났습니다! 경기가 다시 재개됩니다. 무섭게 돌진합니다. 라이트 훅, 이어지는 스트레이트. 듀란 선수, 다운당한 게 억울하다는 듯 맹공을 펼치고 있습니다! 그러나 최강철 선수, 맞상대하지 않고 물러납니다. 돌진합니다! 최강철 선수, 듀란의 공격을 받아낸 후 다시 돌진합니다. 원투 스트레이트! 깨끗하게 들어갔습니다. 듀란 선수 대미지가 커 보입니다. 뒤로 물러나는 듀란. 최강철 선수 따라 들어갑니다! 맹폭입니다. 최강철 선수, 엄청난 폭격을 가하고 있습니다. 듀란 선수, 정신을 차리지 못하고 있습니다!"

"기횝니다! 최강철 선수, 여기서 끝내야 합니다!"

"악! 최강철 선수의 라이트 훅. 듀란 선수 침몰합니다! 일어서지 못합니다! 일어서지 못합니다! 레프리, 카운터를 셉니다!"

"끝났습니다! 일어나지 못합니다!"

"만세, 레프리가 경기를 스톱시킵니다! 최강철 선수가 이겼습니다! 고국에 계신 시청자 여러분, 최강철 선수가 이겼습니다……!"

김종엽이 말을 하다 말고 윤근모의 몸을 덥석 끌어안았다.

지금 그는 자신이 중계해야 된다는 것조차 잊어버린 듯 윤근모의 몸을 끌어안고 연속해서 만세를 부르며 펄쩍펄쩍 뛰었다.

*　　　*　　　*

"만세, 우끼키키… 만세!"

학생회관이 난리가 났다.

불리한 경기를 하던 최강철이 어느 순간 불사조처럼 살아나며 듀란을 두들기다 기어코 7회전에서 다운을 시키자 김철중이 옆에 있던 박정빈을 붙잡고 만세를 불렀다.

맨 앞에 앉아 있던 교수들조차 자리에서 벌떡 일어나 소리를 질렀는데 여대생들의 비명 소리가 학생회관을 가득 적셨다.

"일어나지 마! 그냥 쓰러져 있어. 아이고, 안 돼!"

"치명타가 아니었나?"

듀란이 캔버스를 짚고 카운터 7에 일어나자 입술이 바싹바싹 타들어가던 김철중이 두 손을 붙잡고 이를 악물었다.

최강철의 펀치에 의해 듀란이 다운을 당했지만 곧장 일어나자 긴장감을 숨기지 못했다.

더군다나 듀란이 일어선 후 강력한 반격을 하며 최강철을 몰아붙이는 걸 보며 숨이 멎을 것 같은 표정을 지었다.

듀란의 다운으로 인해 소란스러웠던 학생회관이 듀란의 반격에 일시에 쥐 죽은 듯이 조용해졌다.

그러나 그 정적은 최강철의 반격이 시작되면서 아우성이 되어 학생회관을 뜨겁게 달구었다.

그러던 한순간.

콰앙!

최강철의 마지막 강력한 라이트 훅에 의해 듀란이 고목나무처럼 쓰러지자 일시에 폭탄이 터지는 것처럼 거대한 함성이 터져 나왔다.

"이겼다!"

"만세, 강철 선배가 이겼다!"

김철중과 유상식이 서로를 끌어안고 미친놈들처럼 펄쩍펄쩍 뛰었다.

옆에 있던 박정빈이 가세했고 김현영도 세 놈을 덮치며 뛰어올랐다.

학생회관이 난장판으로 변했다.

그토록 점잖았던 윤문호 교수가 학생들 앞에서 덩실덩실 춤을 추었고 교수들이 박수를 치면서 기쁨을 숨기지 못했다.

그야말로 축제의 현장이다.

최강철의 승리가 확정되는 순간 학생회관은 모든 사람이 일어나 서로를 부여잡고 춤을 추는 축제의 현장으로 변해 버렸다.


*　　　　　*　　　　　*


최강철은 두 손을 번쩍 들고 포효를 내질렀다.

승리에 대한 기쁨이다. 그러나 더욱 그의 가슴을 적시고 있는 것은 자신에게 기대를 걸고 있는 수많은 사람의 성원을 실망시키지 않았다는 것이었다.

카운터가 끝나는 순간, 눈을 부릅뜨고 지켜보던 윤성호와 이성일이 미친 사람처럼 뛰어오는 게 보였다.

그들을 보며 최강철이 움찔했다.

분명 윤성호는 자신을 덮쳐올 것이고 이성일은 대가리를 들이밀 게 분명했다.

문제는 그들뿐만 아니라 곱슬머리 찐빵머리 돈 킹을 비롯해서 톰슨과 수많은 사람이 링 위로 뛰어오르고 있는 중이란 것이었다.

"강철아, 이 자식아!"

"잠깐, 스톱. 기다려요."

달려드는 두 사람을 멈춰놓고 최강철이 글러브로 머리를 긁적였다.

"우리 침착하게 합시다. 일단 듀란한테 인사부터 하고 올게요."

최강철이 멀뚱멀뚱 서 있는 두 사람에게 팔을 내밀어 다가오지 못하게 만든 후 겨우 일어서서 코너로 돌아간 듀란을 향해 다가갔다.

그런 후 의자에 앉아 있는 듀란의 눈높이에 맞춰 한쪽 무릎을 내렸다.

듀란은 멍한 눈으로 고개를 숙인 채 움직이지 않고 있었다.

"듀란, 수고하셨습니다."

"허리케인, 설마 나를 놀리는 건 아니겠지?"

"그럴 리가 있겠습니까. 당신은 저의 영원한 우상입니다. 이렇게 멋진 경기를 펼쳐주셔서 고맙다는 인사를 드리려고 왔을 뿐입니다."

"후후… 그런가."

"오늘의 제 승리는 운이 좋아서였습니다. 선배님이 전성기 시절이었다면 절대 이기지 못했을 겁니다."

"겸손이 몸에 밴 친구구만. 아니, 자네의 말은 틀렸어. 내가 전성기였다 해도 자네를 이기지 못했을 거야. 자네는 내가 싸웠던 어떤 선수보다 훌륭했네. 자네는 분명 복싱 역사의 한 획을 그어버릴 영웅이 될 거야. 그런 선수와 싸웠으니 나는 후회가 없어."

"감사합니다."

"이제 그만 가봐. 자네를 기다리고 있는 사람들이 있잖은가."

시합에 졌다고 해서 패배자가 아니란 걸 듀란의 시선이 말해주고 있었다.

그의 얼굴은 더없이 평온했고 아쉬움은 있었으나 후회는 한 올조차 담겨 있지 않았다.

듀란에게 물러나와 그때서야 윤성호의 포옹을 받아들였다.

돈 킹이 다가와 두 사람의 등을 두드리며 웃었는데 그의 얼굴에는 햇살보다 더 밝은 웃음이 담겨 있었다.

"푸하하… 허리케인, 잘했어. 훌륭했다."

"축하하네, 허리케인."

돈 킹에 이어 톰슨이 최강철의 손을 잡으며 소리를 질렀다.

두 사람의 축하에 웃음으로 답을 해주었다.

그들이 자신을 축하해 주는 이유가 Money라는 괴물 때문이라 해도 승리의 이 순간은 진심이 담겨 있었다.

이성일이 불쑥 나선 것은 링 안에 양쪽 관계자가 바글거려 제대로 움직이기도 힘들 때였다.

"강철아, 이거 받아라."

놈이 내민 것은 태극기였다.

무슨 뜻인지 안다. 놈은 태극기를 든 자신의 모습을 화면에 내보내고 싶어 하는 것 같았다.

문제는 이 자식이 또 대가리를 들이밀었다는 것이다.

어쩔 수 없이 목말을 타고 태극기를 휘둘렀다.

그 옛날 올림픽에서 금메달을 딴 선수들이 태극기를 두른 채 뛰어다니는 모습을 보면서 별짓을 다한다고 생각했는데 막상 자신이 그런 상황이 처하자 가슴이 벅찼다.

싸늘하게 가슴이 식었음에도 조국이란 의미는 특별하게 다가오고 있었다.

이성일은 미친놈 같았다.

그를 태우고 사람 숲을 헤쳐 가며 얼마나 뛰어다녔는지 오히려 자신이 더 힘들 지경이었다.

"야, 그만 내려!"

"조금만 더 하고. 너 이 자식아, 지금 부모님이 보시고 계실 거다. 자랑스러운 네 모습을 실컷 보여 드리란 말이야."

"인마, 링 아나운서가 기다리고 있어."

"에잇, 조금 더 해야 되는데……."

이성일이 자신을 빤히 바라보고 있는 링 아나운서의 따가운 시선을 확인하고는 슬그머니 최강철을 내려놨다.

확실히 돌대가리다.

얼마나 딱딱한지 가랑이가 얻어맞은 것처럼 묵직하게 아파 왔다.

링 아나운서 로버트 버퍼가 다가와서 선 것은 그때서야 쪽팔림을 느낀 이성일이 윤성호 쪽으로 도망친 후였다.

"허리케인, 정말 엄청난 경기였습니다. 승리를 축하합니다."

"감사합니다."

"이번 경기는 복싱 역사에 남을 만한 명경기였습니다. 허리케인은 어떠셨습니까?"

"듀란은 복싱 역사상 가장 위대한 복서 중의 한 명입니다. 더군다나 그는 저와의 경기를 위해 혹독한 훈련을 했기 때문에 힘든 경기를 할 수밖에 없었습니다."

"초반에 고전했는데요. 이유는 뭐라고 생각하십니까?"

"말씀드린 것처럼 듀란은 위대한 복서입니다. 그의 압박 전술은 너무 훌륭해서 저의 아웃복싱을 완벽하게 무너뜨렸습니다. 제가 아웃복싱을 포기하고 접근전으로 바꾼 것은 그런 이유 때문이었습니다."

"결국 전면전에서 일방적인 승리를 하셨습니다. 듀란의 펀치력은 대단한 것으로 알려져 있는데요. 위험하다고 생각하지 않았습니까?"

"복서는 두려움을 느끼는 순간 글러브를 벗어야 한다고 생각합니다. 듀란 선수의 펀치력은 대단한 위력을 가지고 있었지만 저는 반드시 극복할 수 있을 거라 확신하고 있었습니다."

"그렇군요. 평소에 허리케인은 판타스틱4와의 대결을 수차례에 걸쳐 말씀하셨는데요. 그중 한 명인 듀란을 꺾었습니다.

이곳에는 판타스틱4가 전부 모여 있는데 다음에 싸우고 싶은 상대가 있나요?"

링 아나운서 버퍼가 링 사이드 VIP석 쪽을 가리켰다.

그곳에는 헌즈와 레너드, 헤글러가 서로 멀찍이 떨어진 곳에서 관람하고 있었는데 카메라가 자신들을 가리키자 손을 흔드는 게 보였다.

"저분들은 전부 레전드라 불리는 선수들입니다. 하지만 저역시 그에 못지않은 사람이라는 걸 증명하고 싶군요. 특히 헌즈, 난 은퇴해서 제대로 훈련하지 않은 레너드보다 당신과 싸우고 싶습니다. 당신이 나를 보고 꼬맹이 취급한 인터뷰를 봤습니다. 오늘 내 시합을 보고 어떻게 느꼈습니까. 아직도 내가 꼬맹이로 보입니까?"

최강철이 묻자 지목을 당한 헌즈가 어이없는 표정을 짓고 있다가 웃음을 지었다.

그 모습을 본 최강철의 입이 다시 한번 열렸다.

"내 시합에서 두려움을 느끼지 않았다면 도전을 받아들였으면 좋겠군요. 나는 언제든지 싸울 준비가 되어 있습니다. 나는 당신을 이길 자신이 있으니까요."

"꼬맹이, 함부로 지껄이지 마라. 나를 이긴다고? 건방진 자식. 날짜를 잡아라. 너를 박살 내주마!"

최강철의 도발에 성질이 급한 토머스 헌즈가 도발을 참지 못하고 자리에서 벌떡 일어나며 소리쳤다.

그 모습을 전 세계의 매스컴이 동시에 클로즈업했기 때문에 아마 수십억 명이 봤을 것이다.

오늘 경기는 무려 25개국에서 생중계를 하고 있었기에 토머스 헌즈의 발언은 고스란히 전 세계로 흘러 나갔다.

\*        \*        \*

대한민국이 들썩였다.

최강철이 승리하는 순간 전국이 환호성으로 물결쳤다.

사람들은 최강철의 승리가 확정하는 순간 모두 일어나 소리를 질렀기 때문에 한반도가 지진이 난 것처럼 흔들렸다.

단순한 복싱 경기가 아니라 대한민국의 자존심이 걸린 시합이었기 때문에 국민들은 최강철의 승리를 진심으로 기뻐했다.

지금까지 국가의 명예를 위해 싸운 선수는 수없이 많았으나 최강철이 거둔 쾌거는 그 의미가 특별했다.

최강철은 대한민국의 자랑이었고 현재 가장 인기를 끌고 있는 웰터급의 통합 챔피언으로서 전 세계인들의 사랑을 한 몸에 받고 있는 히어로였다.

그가 든 태극기의 의미는 더없이 소중한 것이었다.

세계의 변방에서 머물고 있는 대한민국의 처지를 중심에 올려놓을 만큼 최강철의 영향력은 대단했으니 국민들이 느끼는 감정이 남다를 수밖에 없었다.

영웅이다.

국가와 국민을 자랑스럽게 만들고 있으니 그가 영웅이 아니면 누가 영웅이겠는가.


                    *          *          *


**<대한민국의 영웅, 허리케인 최강철 거대한 전쟁을 승리로 이끌다!>**


타이틀은 달랐지만 모든 언론이 일시에 호외를 터뜨렸다.

물론 특종이라 호외를 날린 것은 아니다.

언론이 한꺼번에 호외를 날린 것은 축제에 빠질 수 없다는 책임감 때문이었을 뿐이지 특종이기 때문은 아니었다.

거의 모든 국민이 최강철의 경기를 지켜봤으니 뉴스로서의 효력은 전무했다.

그럼에도 국민들은 모든 신문기사들을 닥치는 대로 읽었다.

그만큼 최강철의 승리는 모든 국민의 관심을 집중시키고 있었다.

특히 많은 사람이 찾은 것은 당연히 김도환의 스포츠서울이었다.

다른 건 몰라도 최강철에 대한 기사는 스포츠서울을 따라올 수 없기 때문인데, 거기에는 시합의 분석 내용은 물론이고 최강철이 맹공을 가했던 라운드들의 펀치 숫자, 그리고 유효타격 등을 비롯해서 각종 데이터가 총망라되어 있었을 뿐만 아니라 라운드별 전략에 관한 것도 실려 있었다.

더군다나 스포츠서울은 헌즈와의 대결에 대해서도 집중 조명 해놨는데 다른 신문들이 사실 관계만 써놓은 것과 확연하게 다른 분석이었다.

<최강철 VS 헌즈 과연 가능한가?>

뉴욕 시저 팰리스호텔 특설 링에서 벌어진 듀란과의 경기에서 화끈한 KO승을 거둔 최강철 선수가 헌즈와의 대결을 요청했다. 마침 그곳에 있던 헌즈는 최강철 선수의 요청을 언제든지 받아들이겠다고 공언했으나 대결 성사는 쉽지 않을 전망이다. 토머스 헌즈는 현재 WBA 슈퍼 웰터급 챔피언으로서 최강철 선수가 그와 싸우기 위해서는 타이틀을 반납한 후 체급을 올려야 되기 때문이다. 본지의 특파원에 따르면 돈 킹 역시 부정적인 의견을 냈다고 한다. 돈 킹은 최강철 선수가 1, 2차례 더 방어전을 치른 후 현 WBC 챔피언 허니건과의 통합 타이틀

전이 더 가능성이 크다는 의견을 밝혔다……


*          *          *


　대일물산 직원들은 월요일 아침 출근했음에도 어제의 흥분을 가라앉히지 못하고 휴게실에 몰려 시합 내용에 대해서 거품을 물고 있었다.

　회사원들의 일상은 뻔했지만 오늘만큼은 팀장들도 최강철의 시합에 대해서 지들끼리 떠드느라 회의조차 소집하지 않았다.

　"아, 씨발. 하필이면 그때 오줌 마려워서 난 화장실에 있었다니까. 방광이 미쳤었나 봐."

　"크크크… 억울했겠다."

　"갑자기 난리가 나는 바람에 달려 나오다가 오줌발을 거실에다 뿌렸어. 마누라가 방방 뜨면서 잡아먹으려고 하드만. 그렇게 달려 나왔는데도 이미 경기가 끝나 있잖아. 아, 열받아."

　"그래도 KO시키는 장면은 봤을 거 아냐?"

　"생으로 보는 거하고 녹화 장면을 보는 거하고 똑같냐. 감동이 다르잖아, 감동이."

　무역 2팀의 정대성이 떠드는 소리에 몰려 있던 직원들이 전부 배꼽을 잡았다.

휴게실에 몰려 있는 건 5명이었는데 전부 입사 동기들이었기 때문에 대화를 나누면서 웃음꽃이 멈추지 않았다.

"야, 그런데 스포츠서울 보니까 헌즈하고는 싸우기 어렵겠더라. 안 그래?"

"당연히 안 되지. 등빨에서 차이 나는 놈하고 왜 싸워. 싸우고 싶으면 지가 내려오라고 그래. 최강철이 뭐가 아쉬워서 체급이 차이 나는 그놈하고 싸우냐?"

"최강철이 강하게 원했잖아. 도발을 먼저 한 건 최강철이라고."

"그거야 퍼포먼스지. 링 아나운서 그 새끼가 물으니까 그냥 해본 말 아니겠어. 그럼 거기서 아니라고 어떻게 말하나, 쪽팔리게."

"하긴 그렇기도 하겠다."

"난 돈 킹 의견이 맞다고 봐. 방어전 몇 차례 더 하고 허니 건하고 붙어야 해. 그래서 완벽한 통합 챔피언에 오르는 거야."

"최강철이 받아들일까?"

"안 받아들이면?"

"최강철의 성질머리를 그동안 계속 봐왔잖아. 그놈은 지금까지 한 번도 상대를 가린 적이 없어. 더군다나 입으로 뱉은 건 반드시 지켜왔단 말이지."

"이번에는 절대 안 돼. 최강철 그놈은 영웅이다. 지 고집대로 하면 안 된다고. 만약 싸운다고 해도 말려야 해. 전 국민이 나서는 일이 있어도 그건 절대 허락하면 안 돼. 미친놈이, 불리한 상태에서 왜 싸워? 저를 사랑하는 국민들 생각도 해야지!"

*      *      *

체육부장관 조상호가 총무국장을 콜한 것은 월요일 오후였다.

긴급 전화로 때렸기 때문에 총무국장은 장관실을 향해 100m 달리기 선수처럼 달려와 호흡이 거칠어져 있었다.

비서의 행동도 급했다.

"무슨 일이셔?"

"몰라요. 전화를 받고 나서 난리가 아니에요. 난 장관님이 이렇게 서두르는 거 처음 봤어요."

"알았어."

호흡을 간신히 조절한 총무국장 윤경준이 사무실 문을 노크하자 안쪽에서 걸쭉한 음성이 들려왔다.

"찾으셨습니까, 장관님."

"어, 그래. 자네가 책임지고 해줘야 할 일이 생겨서 급히 불렀네. 잠시 앉아!"

"예, 장관님."

윤경준이 앉자 조상호가 소파에 털썩 주저앉더니 담배를 빼어 물었다.

"윤 국장, 자네 어제 시합 봤지?"

"예, 봤습니다."

"위에서 1시간 전에 전화가 왔어. 그놈 입국 날짜에 맞춰서 카퍼레이드를 준비하라더구만."

"그게 무슨 말씀이신지… 시가지 카퍼레이드 말입니까?"

"그래."

"장관님, 최강철은 프로 복서입니다. 국가유공자도 아닌데 카퍼레이드라니요……. 지금까지 이런 경우는 한 번도 없었습니다."

"이봐, 난 자네 의견 듣자고 부른 게 아냐. 내가 한 말 뭘로 들은 거야!"

윤경준이 슬그머니 반대 의견을 말하자 조상호의 목소리가 바짝 올라갔다.

그의 얼굴은 잔뜩 일그러져 있었는데 기분이 좋지 않다는 것이 표정으로 나타나고 있었다.

"위에서는 국민들의 관심을 한 몸에 받고 있는 최강철을 이용해서 정국을 풀고 싶어 한단 말이야. 무슨 소린지 알아들어?"

"…예."

"그놈 언제 입국하는지 알아보고 거기에 맞춰서 무조건 준비해. 언론 쪽에도 알려서 터뜨리게 만들고."

"알겠습니다. 바로 조치하겠습니다."

윤경준은 더 이상 토를 달지 않고 고개를 구십 도로 수그렸다.

뒤늦게 윗선의 의도를 간파했기 때문이다.

지금 정국은 노동운동에 참여한 대학생들의 분신이 거듭되면서 최악으로 치닫고 있는 중이었다.

이런 상황에서 최강철은 정권으로 봤을 때 효자나 다름없는 놈이었다.

전국을 뜨겁게 달궜던 노동운동이 최강철의 시합으로 거의 보름 동안 멈춰진 것만 봐도 얼마나 많은 효과가 있는지 알수 있었다.

정치는 국민을 속이는 것이다.

우매한 국민들의 눈과 귀를 돌릴 수 있는 수단만 있다면 무엇이든 사용해야 된다는 뜻이다.


\*　　　　\*　　　　\*


최강철은 시합이 끝난 후 뉴욕의 집으로 돌아가 휴식을 취했다.

많이 맞았다.

지금까지 22번의 경기를 하면서 제일 많이 맞은 것 같았다.

시합을 끝냈을 때는 몰랐지만 하루가 지나자 전신이 안 아픈 곳이 없었고 얼굴이 부어올라 알아볼 수 없을 정도였다.

서지영이 집으로 오기 시작한 것은 그가 돌아오고 난 직후부터였다.

그녀는 하루도 쉬지 않고 매일같이 집으로 찾아와 오래도록 머물면서 최강철의 상처를 돌봤다.

서지영이 오면 이성일은 총알같이 낚싯대를 들고 집을 빠져나갔다.

윤성호는 시합이 끝나면서 황인혜의 집으로 들어갔기 때문에 이성일이 도망가면 두 사람만 남았다.

"우리, 강철 씨. 잘생긴 얼굴이 이게 뭐야. 난 가슴 아파죽겠어."

"일주일만 지나면 괜찮아질 거야. 난 회복력이 좋아서 금방 좋아져."

"정말 언제까지 할 생각이야. 강철 씨, 이제 그만하면 안돼?"

"왜, 내가 싸우는 게 싫어?"

"난… 강철 씨 이런 모습을 더 이상 보고 싶지 않아. 가슴

졸이면서 기다리는 거 너무 힘들어."

"지영 씨, 내가 싸우는 이유가 돈 때문이 아니라는 거 알지?"

"알아, 하지만……."

"우리 맛있는 거 먹으러 가자. 시합이 끝나서 그런가 맛있는 게 먹고 싶네."

"이런 모습으로 어딜 나가. 이렇게 나가면 기자들이 무척 좋아할걸?"

"그런가?"

"내가 해줄게. 뭐 먹고 싶어?"

서지영이 눈을 빛내며 물었다.

그녀의 말이 맞았다. 시합이 끝나고 5일밖에 지나지 않았기 때문에 아직도 집 주변에는 기자들이 벌 떼처럼 진을 치고 있는 중이었다.

김치찌개를 해달라고 하자 그녀가 종종거리며 앞치마를 두른 후 냉장고를 뒤졌다.

그녀의 모습을 보면서 따뜻한 편안함이 몰려들었다.

그가 시합을 위해 미국으로 건너온다는 소식을 접한 후 서지영은 수시로 집에 들러 먹을거리를 준비해 왔다.

그녀는 최강철이 한국에 있을 때도 수시로 집에 들러 관리했기 때문에 마치 새집처럼 정돈되어 있었다.

냉장고에서 김치를 꺼내 도마에 올려놓고 자르는 그녀의 뒤로 다가갔다.

그런 후 뒤에서 안으며 그녀의 머리카락 사이로 얼굴을 묻었다.

"아이, 김치 냄새 나. 이거 국물 튀면 옷 버린단 말이야."

"괜찮아. 그냥 이렇게 있고 싶어서 그래."

왜 그랬는지 몰랐으나 그녀의 등이 너무 좁아 보여 안아주고 싶었다.

한국으로 돌아가면서 방학 때면 돌아오겠다고 했지만 그녀도, 그도 그것이 어쩌면 이별의 이유가 될지 모른다는 생각을 했다.

그랬기에 그녀는 울었고 돌아서는 그의 발걸음은 무거웠다.

한국으로 돌아가려고 결정한 데는 여러 가지 이유가 있었다.

그 첫 번째는 미국에 남아 있을 이유가 없었기 때문이다. 지금 미국 경제는 변화와 변혁의 시대를 겪고 있었으나 그가 참여할 수 있는 기억이 없었다.

오직 하나 알고 있는 정보는 미국의 주식 시장이 끊임없이 성장한다는 것뿐이었다.

그것을 증명하듯 블랙 먼데이로 인해 박살 났던 주가가 2년이 지난 지금 원래보다 상승하고 있었다.

당연히 최강철이 투자한 주식은 폭발적인 수익을 거뒀다.

버크셔 해서웨이는 6개월 전보다 또 2배 이상 올랐고 나머지 주식들도 100% 가까운 상승률을 기록하고 있었다.

특히 서지영이 운영하고 있는 선물과 옵션은 300%의 투자 실적을 기록하고 있었는데 1,000만 달러의 자산이 불과 1년 사이에 3,000만 달러를 넘어섰다.

그것뿐만 아니다.

자신이 투자한 델 컴퓨터의 주가 역시 250%의 신장률을 기록하는 중이었고 시스코의 실적은 연간 순이익이 1,000만 달러를 넘어서고 있었다.

정말 재밌는 점은 시스코에 투자하겠다고 덤벼드는 인베스트먼트들이 셀 수 없이 많다는 것이었다.

그들은 시스코의 성장 동력을 확신하고 어떡하든 투자해 보려 안달을 부렸다.

그러나 최강철은 그들의 투자를 전혀 받아들이지 않았다.

시스코의 매출액이 점점 커지고 있는 상황이었고 그의 자산이 충분한 이상 다른 사람의 돈은 필요 없었다.

시간이 지날수록 자산의 증식은 날이 갈수록 커져 카운팅이 어려울 정도였다.

서지영의 보고에 따르면 그의 자산은 이미 2억 달러에 육박하는 중이었다.

물론 MS 쪽에 윈도우 개발과 관련해서 계속 투자금이 들어가고 있으나 그건 조족지혈에 불과했다.

앞으로 윈도우가 출시되어 이익금이 발생하는 것에 비한다면 그건 돈도 아니었다.


서지영의 음식 솜씨는 제법 훌륭해서 오랜만에 맛있는 점심을 먹었다.

공주처럼 그녀를 앉혀놓고 자신이 직접 설거지를 한 후 커피를 타기 시작했다.

그때 서지영이 그가 했던 것처럼 다가와 뒤에서 그를 끌어안았다.

"이런 느낌이었구나. 너무 좋다."

그녀는 얼굴을 등에 묻은 채 한동안 움직이지 않았는데 눈을 꼭 감고 최강철의 체취에 파묻혔다.

최강철은 그녀의 행동을 말리지 않고 묵묵히 커피를 탔다.

하지만 등에서 느껴지는 그녀의 가슴이 점점 그의 열기를 끌어내기 시작하면서 견딜 수 없는 열기가 밀려오기 시작했다.

"지영 씨, 지금 손 안 떼면 후회할지 몰라."

"으응… 무슨 소리야?"

"그거 알아? 지금 지영 씨 무척 위험한 짓을 하고 있다는 거?"

"몰라… 난 그냥 지금이 너무 편해."

너무 목소리가 작았기 때문일까. 아니면 말에 담긴 의미를
알지 못했기 때문일까?

서지영은 그저 머리만 흔들며 최강철의 등에 매달려 있을
뿐이었다.

그때, 최강철의 몸이 돌아서면서 그녀를 가슴으로 안았다.

"내가 분명히 경고했잖아. 위험하다고……."

영문을 모른 채 자신을 빤히 바라보는 그녀의 입술을 향해
최강철은 뜨거운 키스를 퍼부었다.

그런 후 그녀를 안고 곧장 침실로 향했다.

"강철 씨, 왜 이래……."

"지영 씨가 너무 사랑스러워. 그래서 오늘 지영 씨를 안으려
고 해. 진짜 내 사람으로 만들려고."

"어머, 안 돼. 하지 마… 난 씻지도 않았단 말이야."

"지금 아니면 또 못 할 거야. 그래도 좋아?"

"…그건 아니야. 아, 난 몰라."

                    *              *              *

최강철은 남은 시간 동안 마이다스 CKC에 출근하면서 시
간을 보냈다.

지금은 새로운 투자를 할 시기가 아니라 관리에 집중할 시간이었기에 막상 그가 할 수 있는 것은 그리 많지 않았다.

그럼에도 굵직한 지침에 대해서는 강하게 지시를 내렸다.

첫째, 주가는 무조건 오른다. 따라서 자금이 신규로 들어올 때마다 바이 앤 홀딩 전략을 견지한다.

둘째, 투자한 기업들의 생산성 향상을 위해 최선의 지원을 다 한다.

셋째, 자산의 20%를 부동산 쪽으로 투자한다. 단, 부동산은 뉴욕과 LA, 시카고, 워싱턴DC의 중심부 빌딩과 발전 가능성이 있는 외곽 토지를 집중 매수한다.


내 꿈은 무엇인가.

루시퍼에게 다시 살게 해달라 부탁하면서 원했던 건 남들의 압박에서 벗어나 화려하고 멋진 삶을 살아보는 것이었다.

돌아온 지 불과 10년밖에 지나지 않았음에도 나에게는 수많은 것이 생겼다.

셀 수 없이 많은 재산과 사랑하는 여인, 명예와 명성, 그리고 밝게 웃는 가족들의 행복.

서지영은 그의 품에 안기는 순간 울었다. 눈물이 많고 너무나 착한 사람이었다.

그녀의 몸을 안았을 때 더없이 따뜻했고 더없이 행복하다는 생각이 들었다.

성은정을 안았을 때와는 비교할 수 없을 정도의 평안함과 쾌감이 물밀듯 밀려 들어와 정신을 차릴 수 없었다.

그녀를 안고 나서 확신할 수 있었다. 자신이 그녀를 사랑하고 있었다는 것을.

그때부터 시간이 날 때마다 그녀를 탐했다.

자신의 사람이란 확신이 들자 서지영의 온몸은 매력 덩어리가 되어 수시로 그의 피를 들끓게 만들었다.

사람들은 그를 영웅이라 부른다.

세계 챔피언이 되면서 대한민국 국민들은 그를 더없이 사랑하며 영웅이라 부르기를 주저하지 않고 있었다.

과거의 삶과 비교한다면 천지개벽과 같은 일들이었다.

하지만 지금 이 순간도 그는 여전한 갈증에 시달리며 여전히 앞만 보고 달리는 삶을 살아갈 생각에 몰두한다.

사람의 욕심은 끝이 없다고 했는데 가진 자들의 불행이 이런 욕심 때문에 생기는 것이란 생각이 들었다.

흘러가는 물결을 멍하니 바라보았다.

정말 자신의 갈증이 욕심에서 비롯된 걸일까.

언제부턴가 돈에 대한 탐욕이 사라졌고 명예나 명성조차도 무감각하게 변하고 있었다.

그럼에도 그는 갈증에 시달렸다. 평범한 인간들에게서는

찾아볼 수 없는 고독과 미련, 그리고 끊임없는 고통이었다.

계약을 한 후 떨어지는 자신을 보면서 웃던 루시퍼의 얼굴이 떠올랐다.

그 웃음의 의미.

그는 어쩌면 인간의 행복이 한순간의 꿈처럼 허망하다는 것을 알고 있었는지 모른다.


"강철아, 돈 킹 씨가 왔다."

"들어오라고 하세요."

미리 찾아오겠다고 연락을 했던 돈 킹과 톰슨의 모습이 윤성호를 따라 현관문을 통해 들어오는 것을 보면서 최강철이 반갑게 손을 들었다.

그가 찾아온 이유는 분명 듀란과의 경기 후에 도발했던 헌즈와의 경기 때문일 것이다.

전 세계로 생중계가 되었기 때문에 복싱 팬들은 당장에라도 두 사람이 싸우기를 바라고 있었다.

"잘 쉬고 있어? 얼굴은 많이 좋아졌구먼."

"원래 회복력이 빠르잖습니까. 좋은 소식 가지고 오셨나요?"

"이 사람아, 나도 손님이야. 일단 커피부터 한 잔 줘. 먼 길을 달려왔더니 목이 말라."

"그럼 주스를 마셔야지 커피를 찾으십니까."

"난 커피만 있으면 돼. 내가 좋아하는 게 허리케인이 타주는 커피를 마시는 거야. 누가 자네가 타주는 커피를 마셔보겠나. 이런 영광은 아무나 누리는 게 아니니까 기회 있을 때마다 찾아 먹어야지."

"하하… 알았습니다. 그게 영광이라면 백번이라도 해드려야죠."

최강철이 엉덩이를 들고 있는 이성일을 만류하고 자신이 직접 자리에서 일어나 부엌으로 들어갔다.

집에는 황인혜에게 가 있던 윤성호까지 와 있었기 때문에 최강철의 스태프가 전부 자리를 함께하고 있는 상태였다.

돈 킹이 온다는 것은 앞으로의 일정을 상의하기 위함이었으니 절대 빠져서는 안 되는 자리였다.

커피를 내린 최강철이 일행들 앞에 잔을 내려놓자 돈 킹과 톰슨이 밝게 웃으며 냄새를 음미했다.

"이거 향이 좋네. 비싼 커핀가?"

"시중에서 산 겁니다. 저는 돈이 없어서 비싼 거 못 먹어요. 그러니까 개런티 좀 빨리 정산해 주세요."

"어허, 이 사람아. 누가 들으면 내가 자네 돈을 전부 떼먹은 줄 알겠네. 돈이 왜 없어. 그동안 벌은 건 다 어쩌고."

"워낙 여기저기 들어가는 곳이 많아서요."

"정말인가?"

"농담입니다. 이제 본론으로 들어가시죠. 어떻게 되었습니까?"

"간단해, WBA나 WBC는 완강해. 자네가 헌즈와 싸우려면 방법은 딱 두 가지뿐이네. 하나는 자네가 타이틀을 반납하고 슈퍼 웰터급으로 올라가는 것이고, 또 하나는 헌즈가 타이틀을 반납하고 웰터급으로 내려오는 것이지."

"누군가의 희생이 필요하다는 것이군요."

"문제는 자네가 희생양이 되어야 한다는 것이야. 도발을 자네가 먼저 했으니 헌즈가 그런 무리수를 둘 이유가 없지. 그리고 자네가 희생한다는 것도 말이 안 돼. 자네는 현존하는 최고의 스타야. 왜 자네가 그런 희생을 한단 말인가!"

"논타이틀전은 안 됩니까? 타이틀을 걸지 않고 싸우는 거죠. 우리의 싸움은 타이틀의 의미가 없습니다."

"그것도 안 된다고 한다네. 양 기구에서는 절대 인정할 수 없다고 하더구만. 만약 자신들의 승인 없이 싸우면 타이틀을 박탈하겠다는 거야."

"왜죠?"

"자네도 알다시피 논타이틀전은 그들의 입김이 전혀 먹히지 않게 돼. 자신들이 보유한 선수들이 영역에서 벗어나 싸운다면 그들의 존재 가치가 의미 없어져. 그래서 지금까지 타이틀 홀더들이 논타이틀전을 벌이지 못한 걸세."

"참 세상 재밌군요."

"허리케인, 아무리 생각해도 헌즈전은 무리야. 그놈이 웰터급에서 활동하고 있다면 편하게 일이 추진되었겠지만 지금은 아닐세."

"돈 킹 씨의 생각은요?"

"내 생각은 의미 없어. 나는 자네의 생각을 존중할 생각이네."

"그럼 이렇게 하시죠. 먼저 허니건과의 통합 타이틀전을 추진해 주세요. 그 전에 필요하다면 방어전은 치르겠습니다."

"정말 그렇게 하겠는가?"

"하지만 조건이 있습니다. 통합 타이틀전이 끝나면 나는 슈퍼 웰터급으로 올라가 헌즈를 잡겠습니다. 동의하십니까?"

"그건… 이보게, 자네의 몸값을 생각해 봐. 자네가 뭐가 아쉬워서 체급까지 올려 그놈과 싸운단 말인가. 비록 한 체급 차이지만 격이 달라져. 헌즈는 워낙 피지컬이 좋은 놈이라서 쉽게 슈퍼 웰터급에 안착했지만 자네는 달라!"

"다를 건 없습니다. 나는 복서가 되면서 그들을 반드시 꺾겠다고 다짐했던 사람입니다. 나는 두려움을 모릅니다. 그리고 헌즈만큼은 무조건 때려잡고 싶습니다. 그러니 그렇게 추진해 주십시오."

                    *              *              *

경기가 끝나고 서지영과 보냈던 행복했던 시간들이 꿈결처
럼 지나갔다.

최강철은 2학기가 시작되었음에도 일주일 늦게 한국으로
돌아가기 위해 집을 나섰다.

학교에 대해서는 철저하게 관리했으나 이번만큼은 게으름
을 피우고 싶었다.

그녀 때문이다.

자신의 감정이 사랑이란 확신이 들면서 최강철은 서지영을
향한 사랑을 숨기지 않았다.

그러자 그녀의 얼굴에 담긴 희미한 어둠이 사라졌다.

언제나 불안해했다. 사랑한다고 확신했지만 몸을 섞지 않았
기 때문에 가져야 했던 불안감은 언제나 그녀의 가슴속에 작
은 아픔을 숨겨놓고 있었다.

무려 6년이란 시간을 기다려 오면서 지치고 힘들었던 그녀
였기에 최강철의 직접적인 사랑 표현은 행복을 가져다주기에
충분했다.

그랬기에 안심을 하고 최강철을 보내줄 수 있었다.

"이번에는 안 우네."

"다시 올 건데, 뭐. 잘 다녀와. 기다리고 있을게."

"이 여자 무섭네. 태도가 싹 변하잖아."

"헤헤… 원래 사는 게 다 그런 거잖아. 이제 강철 씨 거 다 가졌으니까 하나도 불안하지 않아."

"나 보고 싶어 하지 않을 거야?"

"우와, 그런 말이 어디 있어? 나야 늘 보고 싶지."

"그럼 와."

"한국에?"

"응. 한국에 오면 내가 예뻐해 줄게."

"그러고 싶은데……"

"왜? 무슨 일 있어?"

"아냐, 내가 회사 일 보고 시간 나면 갈게. 그런데 쉽지는 않을 거야. 워낙 요새 회사가 바쁘게 돌아가서."

잠깐 얼굴을 굳혔던 서지영이 급히 안색을 바꾸며 웃었다.

뭔가 사정이 있는 것 같았지만 그녀가 말을 바꾸었기에 최강철은 더 이상 추궁하지 않았다.

그때 밖에서 기다리고 있던 이성일이 들어오며 소리를 빽 질렀다.

"야, 니들이 무슨 이몽룡과 성춘향이냐? 무슨 이별이 이렇게 길어. 그럴 거면 공항까지 같이 가면 되잖아. 거기서 수많은 기자하고 사람들 앞에서 쭈압 하고 키스 한번 때려주라니까!"

"저 자식이……."

"빨리 나와. 관장님 지금 입이 댓 발이나 나왔어. 벌써 10분이나 지났다고!"


똑같은 홍역을 겪었다.

뉴욕공항에서도 그리고 한국에 도착한 후 김포공항에서도 수많은 사람에게 시달렸다.

특히 김포공항은 난리가 아니었다.

얼마나 대단한 인파가 몰려들었던지 마크 브릴랜드전보다 배는 더 많아 보였다.

문제는 모든 행사를 끝내고 집으로 돌아가려 할 때 발생했다.

"이쪽입니다."

검은 양복을 말쑥하게 차려입은 중년인과 사내들이 다가와 게이트를 가리켰다.

한눈에 봐도 공무원이라는 걸 알 수 있을 정도로 정제된 자세와 목소리를 가진 사람들이었다.

경호원들에 둘러싸여 그가 가리킨 게이트로 향하자 오픈카가 떡하니 서 있는 게 보였다.

그 앞과 뒤에는 정복을 입은 경찰들이 대기하고 있었는데 경찰차와 오토바이들이 10여 대가 보였다.

"이게 뭡니까?"

"미리 말씀드렸던 것처럼 오늘 최강철 선수는 이곳에서부터 서울시청을 통과해서 을지로까지 카퍼레이드가 계획되어 있습니다. 저 차를 타시면 됩니다."

사내가 오픈카를 가리키자 최강철의 얼굴이 일그러졌다.

미국에 있을 때 연락이 왔으나 분명히 거절을 했는데 이자들은 자신의 의사와 상관없이 강제를 하고 있었다.

"나는 타지 않겠습니다."

"최강철 선수는 국민들의 영웅입니다. 그러니 국민들에게 자랑스러운 모습을 보여주셔야죠."

"제가 분명히 싫다고 말씀드렸을 텐데요?"

최강철이 사내의 얼굴을 빤히 쳐다봤다.

그러자 체육부 총무국장 윤경준의 얼굴이 벌겋게 달아오르는 게 보였다.

카퍼레이드라니. 그것도 체육부장관의 지시로 인해 준비되었다는 말을 듣자 금방 의도를 알 수 있었기에 단칼에 거절했는데 이들은 자신의 의사를 무시해 버렸다.

국민들의 등을 쳐서 정권을 잡은 자들의 의도에 따라주는 것은 죽기보다 싫었다.

무섭게 머리가 돌아갔다.

카퍼레이드는 시작에 불과할 것이다.

이들은 국민들이 자신을 영웅시한다는 것을 이용하기 위해 각종 행사와 정치적 쇼에 자신을 내보낼 것이 분명했다.

그럴 이유가 없다. 그리고 그렇게 하지 않을 것이다.

"우리 차 어디 있죠?"

"최강철 선수, 이건 국가에서 주관한 행사입니다. 최강철 선수 임의대로 거절할 일이 아닙니다."

"당신 이름이 뭡니까?"

"체육부 총무국장 윤경준입니다."

"공무원 맞군요. 한 가지 물어봅시다. 공무원들은 이렇게 마음대로 개인의 자유를 억압해도 되는 겁니까? 나는 분명히 하지 않겠다는 말을 했는데 뭐가 문제죠?"

"다시 말하지만 이 행사는 국가에서……."

"이봐요, 국가가 뭐 하는 곳이죠. 당신이 말하는 국가는 도대체 뭡니까? 국가는 국민들을 위해서 일하는 곳이지 개인의 자유를 억압하는 곳이 아닙니다. 난 지금 이대로 차를 타고 떠나겠습니다."

"최강철 선수!"

윤경준의 목소리가 슬쩍 올라가며 떠나려 몸을 돌리는 최강철을 붙들었다.

그의 시선은 어느새 차갑게 변해 있었다.

"생각을 다시 해보기 바랍니다. 분명히 다시 말합니다. 이건 국가의 일이고 국민들을 위해 하는 일입니다."

"국민들을 위하는 일이라… 혹시 정권을 위한 일은 아니고
요?"

"정권이 국가요. 국가를 경영하는 것이 정권이란 말이요."

"뭔가 착각하시는 모양이군요. 정권은 결코 국가가 될 수
없습니다. 특히 정권이 사리사욕을 채우기 위해 행동할 때 정
권은 국가를 병들게 하는 세균에 불과할 뿐입니다."

"위험한 발언을 하시는군요."

"나는 먼 길을 오느라 피곤합니다. 그러니 이만 가보겠습니
다."

"최강철 선수, 지금 당신이 유명하다는 건 인정합니다. 하지
만 그 유명세가 언제까지 지속될까요. 살아 있는 국가의 정권
은 무소불위의 권력을 휘두를 수 있습니다. 지금이라도 저 차
를 타면 없었던 일로 하겠습니다. 그러나 그냥 떠나면 당신
은 거대한 정권을 상대로 싸워야 할 겁니다. 이 일을 주관하
신 분들은 불가능한 일도 가능하게 만들 수 있는 힘이 있습니
다."

"지금 당신이 한 말, 지금 저기서 나를 바라보고 있는 기자
들에게 그대로 전해도 됩니까? 국내 기자들만 가지고 부족하
다면 전 세계의 외신들에게 떠들어주죠. 어때요, 그래도 괜찮
겠어요?"

"으……."

"당신이 말한 정권의 힘이 크다는 거 압니다. 그러나 내가
지닌 힘도 그에 못지않다는 걸 반드시 기억하시기 바랍니다.
그러니 가서 이 일을 시킨 사람들에게 전하세요. 나는 나를
이용하려는 어떤 짓에도 응할 생각이 없다고 말입니다."

# 제34장
## 물결처럼II

학교에 처음 나온 날.

캠퍼스에서 마주친 학생들은 그가 지나갈 때마다 뜨거운 박수로 맞이해 줬다.

그들은 최강철을 향해 영웅이란 말을 서슴없이 했다.

웃으며 손을 들어주며 속으로 말했다.

'영웅이라… 나는 영웅이 아니다. 그저 내 삶을 묵묵히 걸 어갈 뿐이었으니 부디 나를 영웅이라 말하지 않기를 바란다.'

기말고사의 성적은 예상대로 올 A 플러스가 나왔다.

그럴 수밖에 없다. 아무리 서울대라 해도 1학년의 수준은 그리 높지 않았고 절반이 영어를 비롯한 교양 과목이었기 때문에 따로 공부하지 않아도 충분히 커버링이 될 정도였다.

그의 성적을 보면서 김철중과 일당들은 물론이고 83학번 친구들과 심지어 교수들까지 깜짝 놀랐지만 최강철은 태연한 표정을 지었다.

부끄럽게도 그의 성적은 신문에까지 나왔고 국민들 역시 놀라움을 감추지 못했다.

하지만 빛이 있으면 어둠이 있는 법.

많은 사람이 그의 성적에 대한 의구심을 감추지 않았다.

그가 대한민국 국민들의 가슴속에 영웅으로 자리 잡고 있었지만 복싱을 하면서 성적까지 뛰어난 것을 믿지 않았다.

분명 뭔가가 있다는 생각이었다.

예를 들면 교수들이 그의 시험 점수를 후하게 줬다든가, 아니면 커닝을 한 것 아니냐는 의구심 같은 것이었다.

사람들의 생각을 알지만 최강철은 아무 말도 하지 않고 현실을 그대로 받아들였다.

변명할 이유도 없었고 변명하고 싶지도 않았기 때문이다.

학교로 돌아오자 시간이 더욱 빠르게 흘러갔다.

무언가를 배운다는 건 시간의 흐름을 잊게 만드는 모양이다.

가을이 깊어지던 10월의 어느 날.

봄에 하려고 했던 윤성호의 결혼식이 뒤늦게 열렸다.

황인혜는 일주일 전에 들어와 결혼 준비를 했는데 얼굴이 활짝 펴서 나이보다 10살은 어려 보였다.

최강철은 양복을 곱게 빼입고 이성일과 함께 일찍 집을 나섰다.

서지영이 어제 친구들과 함께 들어와 호텔에 머물고 있었기 때문에 그녀들을 데리러 가는 길이었다.

호텔에 도착해서 로비로 들어가자 그녀들의 모습이 보였다.

클로이와 수잔은 정장을 입고 있었기 때문에 전혀 다른 사람처럼 보였는데 웬일인지 서지영이 보이지 않았다.

"강철, 왜 이렇게 늦게 와. 여기서 20분이나 기다렸잖아!"

"난 약속 시간 칼같이 지켰어, 너희들이 일찍 나온 거야. 그런데 지영 씨는 어디 갔어?"

"흥, 왜 어디 납치라도 당했을까 봐? 그러니까 어제 데려가지 그랬어."

"친구들 팽개치고 임 따라 떠나면 얼마나 구박할지 뻔히 아는데 내가 그럴 수가 있나. 어디 갔어?"

"화장실. 곧 올 거야. 흐이구, 저기 오네."

클로이가 가리키는 곳에서 서지영이 다가왔다.

어제 공항에서 봤을 때는 편한 차림이었는데 오늘은 흰색 정장 원피스를 입고 있었다.

천사가 따로 없다.

아니, 천사라기보다는 고귀한 공주를 보는 것 같았다.

"지영 씨, 예쁘게 입었네."

"응, 예쁘게 보여야 되잖아."

서지영이 그를 보면서 배시시 웃었다. 하지만 얼굴에 들어 있는 건 숨길 수 없는 긴장감이었다.

그녀는 오늘 엄청 중요한 일을 앞두고 있었는데 바로 최강철의 부모님을 만나는 것이었다.

그녀들을 데리고 결혼식장으로 향했다.

호텔과 결혼식장은 불과 10분 거리였기 때문에 금방 도착할 수 있었다.

그들이 결혼식장에 도착하자 대기하고 있던 기자들이 플래시 세례를 퍼부었다.

잠시 멈춰 서서 포즈를 취해주고 기자들의 질문에 간단하게 대답해 준 후 3층으로 올라갔다.

하지만 기자들은 집요했다.

최강철과 이성일만 있는 게 아니라 서지영의 존재가 그들을 그렇게 만들었다.

서지영의 존재는 이미 노출되어 있었기 때문에 그들은 불나 방처럼 쫓아오며 정신없이 셔터를 눌러대고 있었다.

그럼에도 최강철은 기자들을 말리지 않았다.

천천히 걸어 식장 앞에서 손님들을 접대하고 있는 윤성호에게 다가갔다.

가슴에 꽃을 꽂은 채 서 있는 그의 모습은 내가 새신랑이라는 것을 강력하게 표현하고 있었다.

"멋있네요."

"왔냐."

"드디어 결혼식을 하는군요."

"그러게 말이다. 참 힘들었어. 너는 나처럼 힘들게 하지 마라."

"제가 관장님보다는 조금 더 잘생겼잖습니까. 그러니 염려하지 마십시오. 저는 준비되는 대로 총알같이 갈 겁니다."

"어련하겠어. 그런데 뭐 준비할 건 있냐. 그냥 해도 되는 거 아냐?"

윤성호가 입술을 삐죽이며 바라보자 옆에 서 있던 서지영의 얼굴이 발갛게 달아올랐다.

그녀는 긴장을 하면서 사방을 둘러보다가 윤성호의 기습에 당황함을 감추지 못했다.

최강철이 서 있는 곳이 바로 무대다.

사람들은 최강철이 윤성호와 이야기 나누는 곳으로 벌 떼처럼 몰려들었는데 벌써 100명이 훌쩍 넘었다.

　"저 때문에 결혼식도 제대로 못 하겠네요. 관장님, 손님들 접대하세요. 우린 인혜 누나한테 가볼게요."

　"그래라, 지금 잔뜩 긴장하고 있으니까 좀 도와줘."

　최강철에게 한 소리가 아니라 서지영과 친구들에게 한 소리다.

　한국에서 결혼식을 했기 때문에 황인혜는 지금 혼자 식을 준비하고 있는 중이었다.

<br>

　　　　＊　　　　　＊　　　　　＊

<br>

　"아버지, 조금 늦으셨네요."

　"그려, 네 엄마가 하도 늦장을 부리는 바람에 늦었다."

　"내가 무슨 늦장을 부렸다고 그려요. 차가 막히는 바람에 늦은 거지."

　류순덕이 말을 하면서 째려보자 최우용의 움찔하며 입맛을 다셨다.

　부모님들은 항상 이렇다.

　아버지는 너무 착해서 어머니가 바가지를 긁으면 대부분 져주셨기 때문에 아주 어렸을 때는 아버지가 어머니한테 지는 줄 알았다.

그게 아니라는 걸 안 건 국민학교 2학년 때였다.

그날 부엌에서 일하는 어머니를 따라다니다 주전자가 엎어져서 끓는 물에 손을 데었는데 퇴근하고 돌아오신 아버지는 아들이 다친 것을 본 후 불같이 화를 내며 어머니를 혼내셨다.

그때 어머니는 방구석에 숨어 아무 말도 못 하고 쥐 죽은 듯이 계셨었다.

"강철아, 너네 관장님 어디 계시냐? 왔으니 인사부터 해야겠다."

"저기 계세요. 그런데 아버지."

"응?"

"식이 끝나고 소개해 줄 사람이 있어요. 그러니까 그냥 가지 마시고 잠깐 계셔야 해요."

"누군데?"

"이따, 보시면 알아요."

"허어, 이놈아. 누군지 가르쳐 줘야 궁금하지 않을 거 아녀."

"아이고, 저기 관장님이 오네요. 일단 인사부터 하세요."

뒤늦게 부모님을 확인한 윤성호가 부리나케 다가오는 것을 보며 최강철이 아버지의 손을 이끌었다.

뭘 더 묻고 싶어 하던 부모님은 최강철의 손에 이끌려 윤성호에게 고개부터 숙이셨다.

부모님은 윤성호를 최강철의 스승이라고 생각하신다.

그랬기에 언제나 윤성호만 보면 두 분은 고개부터 숙였고 존경의 표시를 숨기지 않으셨다.


신랑 입장에 이어 신부 입장을 알리는 사회자의 목소리가 울려 퍼졌다.

웨딩 마치에 맞춰 들어오는 황인혜의 모습은 천사가 따로 없을 정도로 아름다웠다.

그녀의 손을 잡고 들어온 것은 다름 아닌 최강철이었다.

아무도 없이 혼자 온 그녀에게 최강철은 자청해서 혼주가 되어주었다.

그녀의 발걸음에 맞춰 한 발, 한 발 윤성호에게 다가갔다.

그 모습을 수많은 기자가 달려들어 사진을 찍어댔다.

윤성호는 단상 앞에서 그들을 기다리고 있었는데 바보처럼 웃음을 숨기지 못하고 있었다.

그녀의 손을 전해주고 자리로 돌아가 앉자 이성일이 시비를 걸어왔다.

"이 자식아, 꼭 그걸 네가 해야겠냐. 내가 해보겠다고 했잖아!"

"인혜 누나가 나보고 해달랬다. 아무래도 잘생긴 내가 너보다 낫다고 생각했나 봐."

"지랄한다."

"우리 관장님, 너무 좋아하는 거 아냐? 저렇게 웃으면 딸 낳는다고 하던데?"

"당연히 좋아해야지. 우리 관장님 주제에 어디서 저런 신부를 얻어. 그리고 인마, 딸은 여자가 웃었을 때 낳는 거야. 이 자식은 아는 게 하나도 없어."

"너도 가능해."

"뭐가?"

"관장님 외모나 네 외모나 비슷하잖아. 그러니까 너도 저렇게 아름다운 신부와 결혼할 수 있을 거다."

"푸크크… 그렇지?"

"좋단다. 그래도 장가는 가고 싶은 모양이네."

"나도 슬슬 발동 걸고 있다. 내가 자주 가는 음식점에 예쁜 아가씨가 있어. 너무 착하고 예뻐서 그 아가씨를 볼 때마다 가슴이 두근거려. 지금 접근 중이니까 조금만 기다려 봐."

"종업원이야?"

"아니, 그 집 딸이래. 그런데 너무 예뻐서 아직 말을 못 붙였다."

"하아, 그렇게 말하니까 궁금하네. 나도 보여줘."

"안 돼. 인마, 아직 말도 못 붙였다니까."

"음… 거참, 왜 궁금하지. 우리 성일이가 좋아한다니까 그 여자가 보고 싶어서 내 가슴이 마구 뛰네. 어디야, 그냥 내가 가서 보고 올게."

"이놈이 미쳤나. 어… 어, 강철아. 저거 어쩌냐. 인혜 누나, 막 운다."

수군거리며 말을 하던 최강철의 눈이 황인혜에게 향했다.

이성일의 말대로 황인혜는 주례사를 들으며 서러운 눈물을 흘리고 있었다.

들썩이는 어깨.

그런 그녀의 손을 윤성호가 부드럽게 잡아주는 게 보였다.

아무도 모른다.

그녀의 과거를 아는 것은 오직 윤성호뿐이었기에 다른 사람들은 황인혜가 흘리는 눈물의 의미를 알지 못했다.


"강철 씨, 나 엄청 떨려."

"떨려야지. 우리 부모님이 싫어하면 난 지영 씨와 사귀지 못해. 우리 부모님, 성격이 대단하셔서 사람이 마음에 안 들면 쳐다보지도 않거든."

"정말… 이야?"

"내가 왜 거짓말을 하겠어. 그래도 지영 씨는 용기 있는 여자니까 잘해봐."

　최강철이 안됐다는 얼굴로 말을 하자 서지영의 얼굴이 울상으로 변했다.

　가뜩이나 떨리는 마당에 최강철이 그런 말을 하자 도망이라도 치고 싶은 표정이었다.

　그때, 옆에서 듣고 있던 이성일이 기가 막힌다는 듯 부지런히 혀를 찼다.

　"잘하는 짓이다. 야, 인마. 어머니가 음식 못하는 여자는 절대 집에 들이지 않는다는 건 왜 말 안하냐?"

　"우리 엄마가 언제 그랬어?"

　"그리고 여시처럼 생긴 여자도 안 된다고 그랬잖아. 어디 보자. 어머니는 애 잘 낳아야 된다면서 엉덩이가 펑퍼짐한 여자를 좋아하시는데 지영 씨는 엉덩이가 작아서 큰일이네."

　"성일 씨, 어머니가 진짜 그러세요?"

　"그럼요. 아주 고지식하시고 성격도 불같죠. 또 며느리 시집살이는 얼마나 심하게 하시는데요."

　"아……."

　"너, 가라, 이 자식아. 넌 여기 있으면 안 되겠다."

　"싫어. 나도 역사적인 현장에 꼭 있을 거야."

　최강철이 떠밀자 이성일이 몸부림을 치면서 그의 손을 뿌리치며 버텼다.

아이고, 이 웬수 같은 놈.

장난 한번 했더니 아주 사람을 죽이려고 작정한 것처럼 덤벼드는 바람에 서지영의 얼굴은 이미 사색으로 변해 있었다.

한숨을 길게 흘려내면서 두려움에 떨고 있는 서지영의 손을 잡은 채 부모님에 계시는 곳으로 향했다.

부모님은 예식장에 달려 있는 식당에 계셨기 때문에 금방 도착할 수 있었다.

뒤에서는 이성일이 콧노래를 부르며 따라왔는데 이 상황이 너무나 즐거운 모양이었다.

그들이 다가오자 식사를 하고 있던 최우용과 류순덕의 고개가 동시에 서지영 쪽으로 향했다.

"강철아, 밥 먹었냐?"

눈은 서지영을 바라보면서 최우용은 엉뚱한 질문을 했다.

이것이 오랜 삶에서 흘러나오는 아버지의 처세술이다.

"아버지, 아까 소개해 드릴 사람이 있다고 했잖아요. 그 사람을 데려왔습니다."

"이 처자냐?"

"예, 아버지. 지영 씨, 인사드려."

"안녕하세요, 서지영이에요."

"그래요. 난 강철이 애비 되는 사람입니다. 그리고 여긴 강철이 엄마고……."

"아이고, 참하게 생겼네. 일단 여기 앉아요."

류순덕은 남편의 소개를 기다리지 않았다.

대충 눈치로 상황을 때려잡은 그녀는 서지영을 옆자리에 앉혔는데 놀람과 기쁨이 공존하는 표정을 짓고 있었다.

그때부터 류순덕의 독무대가 시작되었다.

"색시, 우리 강철이가 소개해 준다고 했는데 어떤 사이여?"

"…저는… 강철 씨와 사귀고 있어요……."

"그럼 신문에 난 사람이 색시여?"

"예. 어머님."

서지영의 대답을 들은 류순덕의 얼굴에서 햇살 같은 웃음이 흘러나왔다.

하지만 입에서 흘러나온 말은 전혀 다른 것이었다.

"그렇구먼, 그려. 이놈아, 너 일루 와라. 아무래도 넌 한 대 맞아야쓰겄다."

"엄마, 사람들 봐요."

"이렇게 예쁜 색시를 숨겨놓고 왜 이제사 데려와!"

"미국에 있을 때 만나서 보여 드릴 시간이 없었어요. 그래도 늦지 않게 데려왔으니 엄마가 궁금한 거 많이 물어보세요."

"안 그래도 그럴 생각이여. 색시, 우리 강철이랑 언제 만났어?"

"햇수로는 6년 되었어요."

"6년이나 되었다고? 흐미, 오래되었구먼. 부모님은 계시고?"

"아버지는 돌아가셨고 어머니는 지금 미국에 계세요."

"색시는 몇 살이여……."

어머니의 신문 시간은 거의 30분 동안 이루어졌다.

별걸 다 물으셨다.

학교는 물론이고 서지영의 지나온 과거사를 꼬치꼬치 캐물었는데 최강철이 몰랐던 사실도 신문 과정에서 여러 개 흘러나왔다.

그리고 마지막 질문.

"그럼… 강철이하고 결혼할 생각은 있는 겨?"

<br>

\*　　　　　\*　　　　　\*

<br>

윤성호의 신혼 여행지는 어이없게도 뉴욕이었다.

아이가 혼자 있었기 때문에 황인혜가 불안해하는 것을 배려한 윤성호의 결정이었다.

"어디로 가면 어때, 두 사람이 좋으면 그만이지. 안 그러냐, 강철아?"

"그럼 당연하지. 관장님, 그래도 가급적 집으로는 들어가지 마세요. 명색이 신혼여행이니까 호텔 주변 관광지 돌아다니면서 사진 많이 찍으세요."

공항에 도착해서 비행기를 기다리는 동안 최강철과 이성일은 그들의 곁을 떠나지 않았다.

같은 비행기로 서지영과 클로이, 수잔까지 떠났는데 투자와 관련된 일들이 산더미처럼 쌓여 있었기 때문이다.

최강철이 만류했으나 서지영은 웃으면서 고개를 저었다.

같이 있고 싶지만 회사에 중요한 일이 있는데 대표인 자신이 없으면 직원들이 흔들린다는 게 그녀의 말이었다.

짧은 만남과 아쉬운 이별이었으나 두 사람의 얼굴에는 슬픔이 전혀 담겨 있지 않았다.

곧 다시 만날 테니 이 이별은 서로의 사랑에 아무런 방해도 되지 않을 것이다.

이성일은 두 사람의 결혼을 기뻐하기도 했지만 부러움을 숨기지 않고 연신 놀리느라 정신이 없었다.

"관장님 알죠?"

"뭘?"

"열심히 하십시오."

"뭘 열심히 해. 너 이상한 소리 하면 죽는다!"

"허어, 방금 결혼한 새신랑이 지금 하객한테 주먹을 든다 이거죠. 강철아, 너 이런 경우 봤냐?"

"아니, 태어나서 처음 봤다. 이러는 건 아니지. 축하해 주는 사람한테 주먹을 들면 안 되는 겁니다."

"됐다. 이놈들아."

주먹을 불끈 들었던 윤성호가 한숨을 길게 흘리며 항복을 표시하자 옆에 있던 황인혜의 눈꼬리가 바짝 올라갔다.

"너희들 너무한 거 아냐? 왜 우리 신랑 자꾸 괴롭혀!"

"호오, 이제 부부가 쌍으로 덤비시네. 우리가 뭘, 우린 그저 열심히 하라고 한 것밖에 없어요."

"생각이 불순하니까 그렇지."

"누나, 신혼여행 갔을 때 신부가 가장 많이 봐야 하는 게 뭔 줄 아세요?"

"그게… 뭔데?"

"힌트, 그걸 보면 막 천국에 온 것처럼 행복해져. 그리고 없는 힘이 막 솟구쳐 올라. 그리고 그건 세상에서 가장 아름다운 거야. 자, 이제 맞춰봐요."

"…모르겠는데?"

"우와, 이상하네. 강철아, 너는 알지?"

"새 신부가 그걸 모른다는 게 이상하지. 남자인 나도 아는데. 우리 인혜 누나가 뭘 잘 모르는구나."

"빨리, 말해. 답답하게 하지 말고. 그게 뭐야……?"

"으음, 그건 말이죠. 정답은 천장이야. 새 신부는 다른 거 볼 필요 없어. 무조건 천장을 제일 많이 봐야 해. 그렇지 강철아?"

"당연하지."

"누나, 신혼여행가서 다른 데 가지 말고 들입다 천장이나 보고 오세요. 알았죠?"

"이리 와. 도망가면 죽어!"

말을 끝내자마자 슬금슬금 도망치는 이성일을 따라 황인혜가 주먹을 불끈 들고 쫓아갔다.

그 모습을 보면서 윤성호가 어이없는 웃음을 지었고 서지영과 친구들이 배꼽을 잡으며 폭소를 터뜨렸다.

즐거운 시간이다. 자신과 함께해 온 사람들과 이런 즐거움과 행복을 느낄 수 있으니 지금 이 시간이 나는 참 좋다.


최강철은 학교로 돌아온 후 수많은 사람과 만나며 인연을 쌓아갔다.

열심히 공부하겠다는 학업에 대한 생각은 바뀌었으나 사람을 얻겠다던 당초의 마음은 변하지 않았다.

그 대상은 학생들에게 국한되지 않았고 동문 선배들과 기자들, 그리고 다른 분야의 스포츠 스타들, 심지어 연예인들까지 확산되었다.

사람의 인연은 나무에서 가지가 뻗어 나가는 것과 비슷하다.

한 사람을 만나면 그 사람을 통해 다른 사람을 알게 되고 그런 행동이 반복되었을 때 더 많은 사람들을 알게 되는 것이다.

그러나 인연의 끈을 만드는 것에는 기준이 있다.

자신과 같은 생각, 같은 이념을 가진 사람들과의 인연이 바로 그것이다.

사람들은 수없이 많았으나 성격은 천차만별이고 지닌 상황과 여건에 따라 다른 생각과 이념을 갖게 되는데 대표적인 경우가 권력의 부역자들이 바로 그렇다.

한번 쓰레기통에 빠진 자들은 쉽게 벗어나지 못한다.

권력의 달콤한 맛을 본 자들은 그 달콤함에 취해 다른 사람들의 불행에 죄책감을 느끼지 못한 채 평생을 그리 살아가기 때문이다.

그래서 새 역사는 새로운 사람들만이 써 나갈 수 있다.


\*            \*            \*


최강철은 모자를 깊게 눌러쓰고 이성일과 함께 사당동에 있는 감자탕집으로 터덜터덜 걸어갔다.

감자탕집은 먹자골목의 뒤쪽에 위치하고 있었는데 저녁 시간이 훨씬 지났기 때문에 사람이 많지 않았다.

들어가는 순간부터 최강철의 눈이 사방을 좇아 두리번거

렸다.

"야, 일단 앉아. 이 자식아, 사팔뜨기 되겠다."

"응, 그런데 이 집 맛은 있냐?"

"그럼 죽여줘."

"여기서 밥 먹으려고 저녁까지 굶었어. 맛없으면 난 허락 안 할 거니까 알아서 해."

"컥, 웃겨. 내가 여자 친구 사귀는 걸 왜 너한테 허락을 받아야 해. 이놈은 완전히 지 맘대로야. 그리고 감자탕 맛하고 그 사람하고 무슨 상관인데 싸가지 없이 그런 말을 하냐? 사람만 보라고, 사람을!"

"크크… 이 자식, 완전히 몸 달았네. 그런데 정말 말은 붙여 봤어?"

"그렇다니까."

"데이트 날짜도 잡았고?"

"그게… 거의."

"뭐야, 아까는 잡았다고 했잖아!"

"잡을 거라고 그랬지, 내가 언제 잡았다고 그랬어. 걱정하지 마, 곧 잡을 거야."

"좋다, 그런데 어디 있어? 혹시 오늘 안 나온 거 아냐?"

"그럴 리가 없는데. 어디 있을 거야. 워낙 착해서 저녁이면 꼭 나오거든."

"기다려 보지, 뭐. 주문이나 해."

이성일이 주문하는 동안 최강철은 가게를 두리번거리며 구경했다.

손님들이 있는 테이블은 4개뿐이었으나 가게의 평수는 50평을 훌쩍 넘었다.

비록 저녁 시간이 지났다고 하나 감자탕집이 이 정도밖에 손님이 없다는 건 결코 장사가 잘된다고 볼 수 없었다.

그 원인은 감자탕이 팔팔 끓으면서 나타났다.

뭔가 부족하다. 몇 숟갈밖에 뜨지 않았지만 헛바닥을 끌어당기는 감자탕 특유의 힘이 부족했다.

"성일아, 넌 이게 맛있냐?"

"응."

"알겠다. 그래, 그 여자 이름이 뭐라디?"

"아직 이름은……."

"뭐야, 이 새끼야. 너 말은 붙여본 거 맞아?"

"그래서 나중에 보라고 했잖아. 네가 하도 서두르는 바람에… 이 자식은 왜 따라와서 청춘 사업을 방해하는지 모르겠네."

"소주 시켜라, 속 탄다."

입맛을 쩝쩝 다시는 이성일을 바라보며 최강철이 소주를 가리켰다.

그가 이토록 서둘러 감자탕집을 찾은 것은 이유가 있었다.

이성일이 좋아하는 여자가 생긴 것에 대한 단순한 이유 때문이 아니라 과연 그 사람이 맞는가에 대한 궁금증 때문이었다.

정말 그녀가… 맞다면… 보고 싶었다. 아직 어리고 예쁠 그녀를 말이다.

이성일이 따라주는 소주를 받아 들어 단숨에 마시고 맛이 없는 감자탕을 떠먹으며 눈을 부라렸다.

정보가 정확치 않다.

이놈은 자신이 좋아하는 여자라면서 바보같이 어떤 정보도 획득하지 못한 것 같았다.

계속해서 이성일을 구박했다.

자신의 다급한 마음과 달리 상황이 여의치 않자 느긋해 보이는 놈의 얼굴이 밉상투성이로 보였다.

그때 문이 열리는 소리와 함께 사람이 들어오는 기척이 느껴졌다.

이성일의 눈이 번쩍 빛나는 걸 확인한 순간 최강철의 시선이 급하게 돌아갔다.

으……

그녀다.

어찌 잊을 수 있을까, 그녀의 모습을.

그녀의 이름은 김연경이다.

이성일의 영혼이었으며 자신으로 인해 고통받았던 슬픈 여자였다.

착했다. 더없이 착해서 이성일과 결혼한 후 없는 살림 속에서도 악착같이 버티며 행복하게 살기 위해 노력했던 사람이었다.

그녀가 더 이상 참지 못하고 자신을 찾아와 왜 우릴 괴롭히냐며 소릴 질렀을 때 죽고 싶다는 생각이 들었었다.

나는 그녀에게 커다란 짐이었던 사람이다.

"강철아, 저 여자다."

"알아."

"네가 어떻게 알아, 인마!"

"네 눈이 번쩍거렸잖아. 미친놈처럼."

"흐흐… 그랬냐?"

"가봐."

"응?"

"가보라고."

"지금? 저 사람 지금 왔는데 뭘 가봐. 조금 이따가……"

"넌 이 새끼야, 왜 사람을 자꾸 답답하게 만들어. 빨리 가서 말해."

"야, 청춘 사업은 때가 있는 법이야. 일단 소주 몇 잔 더 마시고 하자."

"아니, 지금 가서 데려와, 여기로. 네가 안 가면 내가 갈 거야."

최강철이 소주잔을 내려놓으며 이성일을 노려봤다.

거부할 수 없는 시선. 평소와 다른 그의 태도에 이성일의 얼굴이 일그러졌다.

뭔가 이상하다.

그럼에도 이성일은 자리에서 일어났다.

최강철은 한 번 뱉은 말은 반드시 지키는 놈이었으니 여기서 뻗대면 진짜 직접 데리러 갈 수도 있었다.

자리에서 일어난 이성일은 뚜벅뚜벅 걸어가더니 카운터에 있는 김연경에게 뭔가 이야기를 하기 시작했다.

그리고 잠시 후, 그녀와 함께 최강철이 있는 자리로 돌아왔다.

다가온 그녀를 향해 최강철은 일어나 모자를 벗으며 정중하게 인사를 했다.

"안녕하세요. 저는 이 친구와 함께 살고 있는 최강철이라고 합니다. 아실런지 모르겠지만 저는 복싱 세계 챔피언입니다."

"허억!"

무슨 일이냐는 얼굴로 다가왔던 그녀의 표정이 최강철을 보는 순간 기절할 것처럼 변했다.

그러나 그것은 옆에 있던 손님들도 마찬가지였는데 그들은 모자를 벗은 최강철의 모습을 보자마자 귀신을 본 것처럼 자리를 박차고 일어났다.

그만큼 놀랐다는 뜻이다.

그런 그들을 향해 최강철이 웃으며 손짓을 해서 자리에 앉으라는 표시를 했다.

"죄송하지만 제가 중요한 일이 있으니 그냥 식사를 해주세요. 오늘만 저를 모른 체해주시면 고맙겠습니다."

정중한 최강철의 인사를 받고 자리에 앉은 사람들은 아무 말도 하지 않은 채 침묵을 지켰다.

직접 본 것도 놀라운 일이지만 최강철이 정중하게 부탁을 하자 그들은 아예 대화조차 중단해 버렸다.

영웅의 부탁은 들어줘야 한다는 의지가 그들의 행동에서 올올히 배어 나오고 있었다.

사람들이 조용해지자 최강철이 그때서야 김연경을 바라보았다.

"잠깐 앉으시겠어요?"

"…예."

"어디 다녀오셨나 봐요?"

"시장에 다녀왔어요. 식당 재료를 준비하느라……."

"우리 성일이가 그쪽을 좋아하는 거 알아요? 아 참, 이놈이 이성일입니다."

"강철아!"

"가만있어 봐. 이놈이 오늘은 꼭 데이트 신청해 보겠다고 했는데 제가 너무 답답해서요. 그대로 두면 오늘도 그냥 갈 것 같거든요."

"아……."

최강철의 말에 김연경의 얼굴이 발갛게 달아올랐다.

왜 모르겠는가.

이성일은 벌써 두 달째 거의 개근하다시피 감자탕집을 찾고 있었기 때문에 자신도 모르게 그가 오지 않으면 궁금해질 정도였다.

밥을 먹으며 그가 자신을 흘긋거리는 걸 느꼈으나 모른 체했다.

어느 순간이 되면 말을 붙일 거라 생각했기 때문이다.

그러나 이 남자는 두 달이 다 가도록 말을 붙이지 않아 그녀를 답답하게 만들었다.

며칠 전 쭈뼛거리던 그가 기어코 용기를 내어 다가오는 걸 보면서 쿵쾅거리는 가슴을 겨우 진정시키며 기다렸으나 그는 엉뚱한 것만 물어보더니 내빼듯 식당을 빠져나가고 말았다.

어이가 없어 입을 다물지 못했다.

그랬기에 자신이 착각한 거 아닌가란 생각을 하고 있었는데 불쑥 최강철이 나타나 사실을 확인해 주자 정신이 하나도 없었다.

"아직 이놈은 그쪽 이름도 모르더군요. 이름을 가르쳐 주실 수 있나요?"

"저는 김연경이라고 해요."

"연경 씨, 우리 성일이가 2개월째 당신을 보고 있었어요. 아시죠?"

"…네."

"오늘 꼭 데이트 신청한다던데 신청하면 받아주실 건가요?"

"그걸 왜 최강철 선수가 말씀하시죠? 해도 이분이 해야 되는 거잖아요."

최강철의 질문에 김연경이 이성일을 바라보았다.

이성일은 두 사람의 대화를 들으며 얼굴을 하얗게 굳히고 있다가 그녀의 시선을 받자 불에 덴 것처럼 움츠려 들었다.

그러나 그의 망설임은 오래 가지 않았다.

"맞습니다. 오늘 데이트를 신청하려고 했어요. 연경 씨, 저는 당신과 데이트를 하고 싶습니다. 시간을 내주실 수 있나요?"

"성일 씨라고 그랬죠. 그거 알아요? 난 용기 없는 남자 별로예요. 그러니까 데이트 신청 거절할래요. 친구가 나서야 겨우 말을 붙이는 남자가 세상에 어디 있어요? 그런 사람 매력 빵

점이에요."

"아니… 그게……"

"전 그만 일어나겠습니다. 맛있게 드세요."

김연경이 가벼운 묵례를 한 후 바람이 휭 하게 불 정도로 차갑게 자리를 빠져나갔다.

그러자 이성일의 눈알이 튀어나오며 최강철을 노려봤다.

"이 미친놈아! 겨우 마음에 드는 사람을 간신히 찾아냈는데 네가 아주 초를 쳐버렸구나. 이젠 어쩔 거야, 이 웬수 같은 놈아!"

하아, 난리 났다.

나름대로 마음이 급해서 도와주려고 나섰다가 오히려 방해를 놨으니 입이 열 개라도 할 말이 없었다.

그랬기에 소리를 바락바락 지르는 놈의 고함 소리를 피해 정신없이 감자탕에서 빠져나왔다.

이럴 때는 삼십육계가 정답이다.

나름대로 다른 것에는 모두 자신이 있었는데 여자와 관련된 것은 예나 지금이나 초보 수준을 면치 못한 모양이다.


*　　　　*　　　　*


최강철의 방어전 날짜가 잡혔다고 연락 온 것은 공교롭게도 동독과 서독을 가로막고 있던 베를린장벽이 무너진 11월 9일이었다.

텔레비전으로 해외 토픽을 지켜보던 최강철은 무너진 장벽 위에서 국기를 흔들고 있는 젊은이들의 모습을 보다가 돈 킹의 전화를 받았다.

시합 날짜는 내년 2월 10일, 장소는 그의 홈 링인 뉴욕 시저 팰리스호텔 특설 링이었다.

상대는 랭킹 8위에 올라 있는 밀튼 구에스트였는데 전적은 35승 8패. 라이트 훅을 주 무기로 쓰고 테크닉이 좋은 것으로 알려졌으나 KO승이 13번밖에 되지 않을 정도로 펀치력이 약한 선수였다.

방어전 날짜가 잡히면서 대한민국 언론이 또다시 발칵 뒤집혔지만 최강철은 조용하게 시합을 준비하며 시간을 보냈다.

결혼한 후 미국에서 지내던 윤성호가 날아왔고 김연경과 사귀기 시작하면서 꿈결처럼 행복한 시간을 보내던 이성일이 합류했다.

이성일이 한 달 동안 용기 있게 접근해서 그녀의 마음을 얻을 때까지 최강철은 아예 쳐다보지 않았다.

괜히 잘하는 놈의 청춘 사업에 끼어들어 망치는 짓은 한 번으로 족했다.

시합이 잡힌 후부터 다시 이완되었던 몸을 만들기 시작

했다.

이 경기는 중간에 쉬어가기 위해 마련된 것이었으나 최강철은 게으른 베짱이로 지내지 않았다.

최선을 다한다는 것. 그것은 그가 다시 살면서 철저하게 지키고 있는 철칙이었다.


현재 대한민국의 세계 챔피언은 최강철을 제외하면 13차 방어전에 성공하고 있는 유명우가 유일했다.

WBA에서 미니멈급을 새로 만들어 김봉준이 타이틀을 가지고 있었으나 사람들은 그를 챔피언이라 말하지 않았다.

신생 체급이었기 때문에 결정전을 통해 챔피언에 올랐지만 선수의 숫자가 전부 합해서 20명도 채 되지 않았기 때문이다.

최강철은 학년말 시험을 치른 후 미국으로 떠나기 전 스태프들과 함께 대구로 향했다.

오늘 유명우와 함께 80년대 대한민국의 복싱을 주름잡던 장정구가 재기전을 갖기 때문이었다.

장정구는 15차 방어전을 끝으로 은퇴했다가 사기를 당해 전 재산을 탕진하면서 다시 글러브를 끼었다.

상대는 움베르토 곤잘레스.

한국 킬러로 알려진 그는 이열우를 꺾고 챔피언에 올랐는데 25전 전승 20KO를 기록하고 있는 강타자였다.

방어전을 앞둔 최강철이 현지로 떠나기 전 대구실내체육관을 찾은 것은 장정구의 마지막 경기 모습을 보고 싶다는 생각 때문이었다.

그의 화끈한 공격력과 투지는 대한민국 복싱사에 한 획을 그을 정도로 뛰어났다.

최강철이 대구로 뜨자 복싱계와 언론 전체가 난리가 났다.

수많은 기자가 그를 쫓았고 주최 측에서는 복싱 협회 사무장 유광호가 직접 나와 최강철 일행을 링 사이드까지 안내했다.

장정구의 재기전은 화제를 몰고 온 경기였다.

비록 전성기는 지났지만 워낙 훌륭한 테크닉을 지녔고 불같은 전투력을 보여줬기 때문에 복싱 팬들은 그의 시합을 손꼽아 기다렸다.

그 배경에는 상대인 움베르트 곤잘레스가 있었다.

누구나 이번 경기가 어렵다는 것을 안다. 곤잘레스는 테크닉에서 다소 거친 면을 보였으나 막강한 펀치력을 지녀 경량급으로서는 경이적이라 볼 수 있는 KO율을 보여주고 있었기 때문에 장정구가 이긴다는 것은 극히 어려운 일이었다.

그럼에도 사람들은 희망의 끈을 놓지 않았다.

전성기 시절 뛰어난 테크닉과 투지를 보여주었던 장정구라면 한국 킬러라는 곤잘레스를 꺾고 챔피언을 탈환할 수 있을

지 모른다는 기대감이 사람들을 열광 속으로 몰아넣었다.

그런 희망은 경기 중반까지 현실화되는 것처럼 보였다.

"와아, 와아!"

장정구의 펀치가 곤잘레스의 얼굴을 강타할 때마다 사람들은 함성을 지르며 승리를 기원했다.

하지만 시합이 종반전으로 치닫자 관중들은 침묵 속으로 빠져들었다.

과거의 영광이 슬프다.

보기조차 안쓰러운 영웅의 몰락을 바라보며 관중들은 눈물을 쏟아낼 수밖에 없었다.

비틀거리며 쓰러지지 않기 위해 몸부림치는 영웅의 모습을 보면서 관중들은 자신들도 모르게 고함을 질렀다.

"이 자식아, 그냥 쓰러져! 너는 할 만큼 했다. 그만해. 제발 그만해!"

모든 사람의 마음이 그랬을 것이다.

얼굴 전체에서 피를 흘리며 마지막 투혼을 불사르는 장정구의 모습은 사람들에게 감동과 고통을 동시에 주고 있었다.

또 하나 배운다.

인간의 한계를 극복하고 있는 한 인간의 모습에서 나는 연민보다 위대한 감동을 느꼈다.

경기를 끝난 후 체육관을 빠져나오는 최강철을 향해 기자들이 몰려들었다.

"최강철 선수, 이번 경기 어떻게 보셨습니까?"

"장정구 선수는 최선을 다했습니다. 비록 경기에서 지기는 했지만 그는 마지막 순간까지 혼신을 다해 싸웠습니다. 저는 진심으로 장정구 선수를 존경합니다."

"상대인 움베르토 곤잘레스 선수에 대해서도 한 말씀 해주시죠."

"곤잘레스 선수는 플라이급에서 봤을 때 말도 안 되는 펀치력을 가지고 있더군요. 그는 챔피언으로서 충분한 자격이 있는 선수입니다."

"세간에서는 이번 경기를 미스 매치라고 평가하는데 최강철 선수도 그렇게 생각하시나요?"

"복싱에서 미스 매치란 없다고 생각합니다. 다만 결과만 있을 뿐이죠."

"이틀 후에 미국으로 떠나는데요. 이번 방어전에 대한 기대가 큽니다. 각오 한 말씀 해주시죠."

"저는 허리케인입니다. 국민 여러분께 허리케인다운 모습을 보여 드리겠습니다."

그 후로 많은 질문이 쏟아졌으나 최강철은 미소를 지으며 체육관을 빠져나왔다.

의외의 인물을 만난 것은 차를 타기 위해 주차장으로 걸어
갈 때였다.

"강철아!"

"성길이 형, 형도 여기 있었어요?"

"그래, 장정구 선배가 같은 체육관 소속이라 응원 왔어. 뒤
늦게 네가 온 걸 알고 달려오는 길이다."

"반갑습니다."

최강철이 문성길의 몸을 끌어안았다.

정말로 반가웠다.

그를 본 건 아시안게임 때가 마지막이었으니 벌써 7년이나
되었는데 그때의 모습이 고스란히 남아 있었다.

"네 경기 전부 지켜봤다. 정말 대단한 경기들이었다."

"쑥스럽게 왜 이러세요. 형도 잘하고 있잖아요. 이번에 세계
챔피언에 도전한다면서요. 나와 시합 날짜가 비슷하던데 훈련
열심히 하고 있는 거죠?"

"그럼. 죽어라 하고 있다. 너는 어때?"

"저도 열심히 하고 있습니다."

"우리 시합 끝나고 한번 만나자. 내가 소주 한잔 살게."

"그러죠. 형이 사는 술 꼭 먹고 싶었습니다."

"강철아, 난 이만 가봐야겠다. 장정구 선배가 많이 다친 것
같아."

"그러세요. 형, 시합 잘하십시오."

"나보다는 네가 잘해야지. 너는 대한민국의 영웅이잖아. 반드시 이겨야 한다!"

뒤돌아 뛰어가는 문성길의 모습을 보면서 최강철은 한동안 움직이지 않았다.

아직도 멀었다.

인연을 맺었던 사람에게 먼저 연락조차 하지 못했으니 어쩌면 자신은 남들의 부추김으로 인해 스스로 자만심에 취해 있었는지도 모른다.

*            *            *

쾅, 쾅, 쾅!

최강철은 뒤로 물러서는 밀튼 구에스트의 안면에 폭발적인 연타를 퍼부었다.

3라운드.

경기가 시작되고 나서 최강철은 지금까지 줄곧 구에스트를 압박하며 경기를 이끌어왔다.

구에스트는 필사적으로 도망갔으나 최강철의 빠른 발을 벗어나지 못했다.

그의 눈에 담겨 있는 것은 두려움.

불과 3라운드 중반이었음에도 그의 숨은 턱까지 차오른 것처럼 보였고 최강철의 펀치가 나올 때마다 움찔거리며 피하느라 정신이 없었다.

미사일 같은 라이트 훅에 격중당한 구에스트의 몸이 로프로 밀려 나가는 걸 확인한 최강철의 신형이 귀신같이 접근하며 전매특허인 콤비네이션 펀치를 꺼내 들었다.

초당 3회에 달하는 엄청난 펀치가 무차별적으로 작렬했다.

가드를 잔뜩 올린 채 방어를 하기 위해 몸부림을 쳤으나 소용이 없었다.

가딩이 풀리면서 턱이 흔들리는 순간 구에스트의 눈에서 눈동자가 사라졌다. 대미지로 인해 혼백이 날아가면서 생긴 현상이었다.

레프리가 다가와 밀튼 구에스트의 상태를 확인한 후 카운터조차 하지 않은 채 곧바로 경기를 중단시키며 링 닥터를 미친 듯이 불러댔다.

경기 종료 3라운드 1분 27초.

시작과 동시에 폭격기처럼 일방적으로 구에스트를 두들겨 정신을 잃게 만든 최강철의 인파이팅에 관중들은 전율에 젖어 함성을 멈추지 못했다.

듀란처럼 막강한 도전자는 아니었으나 랭킹 8위에 올라 있는 선수가 마치 허수아비처럼 쓰러지는 모습은 충격을 넘어

공포에 가까운 것이었다.

최강철은 경기를 끝낸 후 두 팔을 번쩍 들고 당당하게 링을 거닐었다.

맹수가 배불리 먹은 후 초원을 거니는 것처럼 그의 전신에서는 여유로움이 올올히 새어 나오고 있었다.

봤는가, 이것이 현존 최강 허리케인의 위용이다.


시합을 끝낸 후 며칠 동안 기자들의 등쌀에 정신을 차리지 못했다.

이럴 때마다 곤혹스럽다. 매번 비슷한 질문들을 해오기 때문에 똑같은 답을 반복하는 것은 결코 쉬운 일이 아니었다.

그랬기에 3일이 지나면서부터 기자들의 인터뷰를 거절하고 본격적으로 휴식을 취하기 시작했다.

남은 기간 동안 회사 일을 체크한 후 서지영과 시간을 보낼 생각이었다.

하지만 딱 한 번만 더 인터뷰를 해달라는 토머스의 간절한 부탁으로 인해 최강철은 어쩔 수 없이 약속을 잡아야 했다.

스포츠라인의 토머스는 최강철에게 있어 특별한 인연을 가진 사람이었기 때문에 거절할 생각조차 하지 않았다.

토머스는 혼자 온 것이 아니라 일본 기자와 함께 왔는데 날카로운 인상을 지닌 사람이었다.

"허리케인, 안녕하십니까. 저는 동경일보의 미우라 기자입니다. 심층적인 인터뷰를 하고 싶었지만 만나기 힘들어서 평소에 친하게 지내던 토머스를 통하게 되었습니다. 실례를 용서하십시오."

"아닙니다. 이미 토머스에게 이야기를 들었어요. 이런 일은 비일비재로 발생하는 것이니 너무 신경 쓰지 마십시오."

"그렇게 생각해 주시니 고맙습니다."

미우라가 깍듯하게 다시 한번 고개를 수그렸다.

역시 일본인다운 모습이었다.

하지만 숙여졌던 고개가 들려졌을 때 그의 눈은 푸르게 빛나고 있었다.

"저는 허리케인의 팬입니다. 그래서 웬만한 것들에 대해서는 모르는 게 없습니다. 제가 이번에 온 것은 다음 달에 벌어지는 엔도의 시합 때문입니다."

"엔도요?"

"그렇습니다. 엔도는 다음 달에 라파엘 피네다와 시합을 하는 것으로 계획되어 있습니다."

"그런데요?"

"잘 모르시는 모양인데 엔도는 현재 18전 18KO승을 기록하며 WBC와 WBA 양대 기구 랭킹 3위에 올라 있습니다. 만약 라파엘 피네다와의 시합에서 이기면 랭킹 1위가 될 겁니다."

"나는 미우라 기자가 왜 엔도 이야기를 하는지 잘 모르겠습니다."

최강철이 이야기의 본질이 뭐냐는 듯 쳐다보자 미우라의 얼굴에서 쓴웃음이 배어 나왔다.

그는 엔도에 대해서 전혀 알지 못하는 최강철의 태도가 적절치 못하다고 생각하는 게 분명했다.

"허리케인, 당신의 다음 상대가 엔도가 될 가능성이 크기에 말씀드리는 겁니다. 만약 당신의 다음 시합이 통합 타이틀전으로 치러지지 않는다면 엔도를 상대로 의무 방어전을 치러야 된다는 것이죠."

"무슨 말씀인지 알겠습니다. 하지만 미우라 기자님, 너무 일찍 오신 것 같군요. 아직 결정되지 않은 일을 가지고 너무 서두르시는 것 아닌가요?"

"엔도는 후지산의 호랑이로 불리며 일본 국민들에게 엄청난 인기를 끌고 있는 선수입니다. 지켜보시면 알겠지만 그는 라파엘 피네다를 반드시 꺾을 겁니다. 엔도의 기량은 허리케인에 필적할 정도로 대단하거든요. 혹시 엔도의 경기를 본 적이 있습니까?"

"저는 그의 경기를 본 적이 없습니다."

"그렇다면 한번 보시죠. 시합이 결정되기 전 그의 경기를 본다면 꽤나 흥미로울 겁니다."

자신을 빠히 쳐다보는 미우라의 시선에서 슬쩍 기분 나쁜 음모의 냄새가 흘러나왔다.

그렇기에 최강철의 시선도 자연스럽게 굳어졌다.

"자, 그럼 본론을 말씀하시죠. 지금까지 엔도의 말씀만 하셨는데 저에 대해서 물어볼 말은 없습니까?"

"저는 허리케인의 생각이 궁금해서 왔습니다. 만약 엔도가 랭킹 1위에 오르면 그와의 경기를 받아들이시겠습니까? 제가 이렇게 묻는 건 챔피언은 1회에 한해서 의무 방어전을 연기시킬 권한이 있기 때문이라는 걸 이해해 주십시오."

"이해되었습니다."

"그렇다면 대답해 주시기를 부탁드립니다."

"후지산의 호랑이라… 말씀을 듣고 나니 갑자기 그가 정말 호랑이를 닮았는지 궁금해지는군요. 미우라 기자님의 걱정이 뭔지 알겠습니다. 하지만 걱정하지 마세요. 통합 타이틀전이 성사되지 않는다면 저는 그와의 대결을 피하지 않을 테니까요."

"정말입니까?"

"저는 한 입으로 두말하지 않습니다. 그러니 이만 돌아가시기 바랍니다."


*         *         *

최강철은 델 컴퓨터보다 시스코에 역량을 집중시켰다.

델 컴퓨터의 장래성보다 시스코의 미래가 훨씬 크고 밝다는 것을 알기 때문이었다.

더군다나 시스코는 사세를 확장하는 동안 은행 융자 대신 최강철의 자산이 집중 투자 되면서 마이다스 CKC의 지분이 76%까지 오른 상태라 그림자 경영의 모태가 되는 회사였다.

시스코는 작년 3,500만 달러의 매출을 올렸고 420만 달러의 수익이 났지만 아직도 계속되는 공장 증설과 사무실 추가 개설, 고객 전용 웹사이트 개발 및 인원 충원 등으로 인해 지속적인 투자가 필요한 실정이었다.

벌써 마이다스 CKC를 통해 투자된 금액만 해도 3,000만 달러를 상회하고 있어 창업주인 레오나드 보삭의 지분율은 24%로 축소된 상태였다.

그럼에도 최강철은 전문 경영인 키애른 파크의 시스코 주식 상장 요청을 계속 유보시켰다.

지금은 아니다.

조만간 시스코는 인터넷이 활성화되면서 어마어마한 실적을 얻게 될 것이기 때문에 최대한 주식 상장을 늦출 필요성이 있었다.

최강철이 샌프란시스코의 시스코 본사를 찾은 것은 시합이 끝나고 15일이 지난 후였다.

마이다스 CKC의 대표 자격으로 서지영과 회계 담당 부사장 황인혜가 그를 수행했으나 그들이 도착했을 때 키애른 파크는 최강철을 향해 고개를 깊숙이 숙였다.

시스코의 실질적인 보스가 최강철이라는 사실을 아는 건 그와 보삭, 그리고 샌디러너 정도가 전부였다.

레오나드 보삭은 기술 담당 부사장을 맡았고 샌디러너는 고객 담당 부사장이었는데 최강철은 그들을 회의에 참석시켰다.

키애른 파크와 보삭 부부는 관계가 좋았다.

최강철이 유일하게 시스코의 사장을 맡고 있는 전문 경영인 키애른 파크에게 부탁한 건 보삭 부부가 원하는 게 무엇이든 회사에 피해가 되지 않는 한 무조건 들어주라는 것이었다.

시스코를 창립한 보삭은 자신의 지분율이 계속해서 줄어드는 것 때문에 위축될 가능성이 있어 자칫 회사와 적을 지게 되는 걸 피하기 위함이었다.

"보삭, 샌디, 그동안 잘 지내셨나요?"

"그럼요, 우리 부부는 이번에 벌어진 허리케인의 방어전을 맥주 마시면서 같이 봤답니다. 아주 열심히 응원했어요. 이번 경기도 정말 대단하더군요. 우린 허리케인의 절대적인 팬입니다."

"고마워요. 회사 일 하면서 불편한 건 없죠?"

"하하하… 사장님이 워낙 잘해주셔서 전혀 불편함이 없습니다. 어떨 때는 제가 사장인 것 같아서 미안할 정도예요."

"파크 씨가 능구렁이라서 그래요. 보삭과 샌디의 능력이 워낙 뛰어나서 눈치를 보는 거 아니겠어요?"

"맞습니다. 보스는 복싱하면서 어떻게 그런 걸 귀신같이 아시나요. 저야 경영만 할 뿐 보삭 부부가 실질적인 업무를 도와주지 않으면 허수아비잖아요. 그러니 받들어 모시는 건 당연한 일입니다."

최강철이 농을 던지자 키애른 파크가 맞장구를 쳐왔다.

그는 최강철의 의도를 너무나 잘 알고 있었기 때문에 최대한 편하게 회의가 진행될 수 있도록 분위기를 이끌었다.

"그럼 간단하게 현안 사항만 들어볼까요. 마이다스 CKC에 요청할 사안만 말씀해 주세요. 오늘 저희가 온 것은 중요하게 상의할 일이 있어서 온 거니까 사장님이 추가로 필요한 투자 금액에 대해서만 말씀하는 것으로 회의를 진행하죠."

"알겠습니다. 시스코는 매출액이 급격하게 신장되고 있어 주별로 생산 공장을 추가시켜야 합니다. 이미 주요 도시를 커버하기 위해 20개의 공장을 만들었지만 생산성을 확대시키기 위해서는 최소 20개의 공장이 추가로 필요해요. 더군다나 고객 지원 센터도 계속 확장시켜야 합니다. 우리 시스코는 제품의 특성상 서비스가 반드시 뒤따라야 됩니다. 더불어 인원도 대폭 충원할 필요성이 있습니다."

"인정합니다. 그래서 필요한 금액은 얼마죠?"

"올해 중으로 최소 3,000만 달러는 추가로 투자되어야 할 것 같습니다."

"음… 꽤 많은 금액이군요."

"지금까지 매출이 계속 상승하고 있지만 순이익은 420만 달러에 불과하거든요. 이 정도의 이익 가지고는 우리가 필요한 시설 투자에 턱없이 부족한 실정입니다."

"보삭 씨 생각은 어떻습니까?"

"저도 사장님의 의견에 동의합니다."

"저 역시 동의해요. 제가 맡고 있는 고객 부문에서도 상당한 투자가 필요한 실정이에요. 사장님께서 말씀하신 것처럼 고객 불편을 해소하기 위해서 우린 고객 전용 웹사이트를 운영할 계획인데 그러기 위해서는 상당한 자금 투자가 필요합니다."

최강철의 시선이 대답을 한 보삭에 이어 샌디에게 돌아가자 그녀 역시 지체 없이 동의를 해왔다.

최강철의 얼굴에는 웃음이 사라진 지 오래였다.

지금의 투자는 공짜로 이루어지는 게 아니다. 지금까지 시스코는 돈을 잡아먹는 하마였고 이곳에 오기 전 미리 보고받은 것처럼 키애른 파크의 요청대로 추가 투자가 이루어진다면 무려 6,000만 달러 이상의 자금이 들어간다.

보삭 부부에게 동의 여부를 물은 것은 단순한 의견을 물은 것이 아니었다.

하나를 내놓으면 상대도 하나를 내놓아야 되는 것이 세상의 이치다.

"보삭, 저는 시스코를 운영하면서 은행 융자를 한 번도 받아본 적이 없습니다. 그리고 이번 추가 투자가 결정되어도 융자를 받지 않을 것입니다. 그러나 이번 투자 금액은 너무 크군요. 당신의 의견을 들어보겠습니다."

"저희 부부의 지분을 말씀하시는 건가요?"

"그렇습니다."

"허리케인이 3,000만 달러라는 거액을 투자한다면 저희 부부의 지분은 당연히 줄어들어야죠. 하지만 저희 부부는 재무쪽에 문외한이라 어떻게 해야 될지 모르겠습니다. 그렇다고 회사에 적을 둔 상태에서 변호사와 상의하기는 싫습니다. 허리케인의 의견에 따르겠습니다."

레오나드 보삭의 표정은 편안했다.

자신이 시스코를 만들었지만 이렇게 커다란 회사로 성장할 줄은 꿈에도 생각하지 못했다.

더군다나 최강철의 마이다스 CKC는 회사가 자금을 필요로

할 때마다 막대한 돈을 쏟아부었기 때문에 자신의 지분율이 줄어드는 것에 대해서 불만이 없었다.

지금 그들 부부의 연봉은 둘이 합쳐서 30만 달러에 육박하고 있었다.

미국 전체를 통틀어도 이런 연봉을 받는 사람들은 그리 많지 않은 실정이었고 자신이 할 수 있는 일들을 마음껏 할 수 있으니 욕심을 부리는 건 부끄러운 일이라 생각했다.

굳어졌던 최강철의 얼굴에서 웃음이 흘러나온 건 보삭의 대답을 듣고 난 후였다.

"황 부사장님, 보삭 부부께 설명해 주세요."

"예, 보스."

최강철의 지시를 받은 황인혜가 가방에서 서류를 꺼내 들었다.

그런 후 데이터와 도표가 가득 들어 있는 보고서를 향해 시선을 잠깐 두었다가 보삭 부부를 향해 고개를 돌렸다.

"지금 시스코의 총 자산액은 4,000만 달러 정도예요. 그중 마이다스 CKC의 자본금이 3,200만 달러고 순이익으로 충당된 것이 800만 달러군요. 이런 상황에서 보삭 부부의 지분율은 24% 였어요. 재무적으로 말도 안 되는 일이었지만 그동안 저희 보스께서 보삭 부부의 공로를 인정해 줘야 한다는 의견을 거듭 피력하시는 바람에 그 지분율이 유지되었어요. 인정하시나요?"

"인정합니다. 저희 부부는 원천 기술 외에 아무것도 투자한 게 없으니까요."

"이런 상황에서 저희 회사가 3,000만 달러란 거금을 투자하게 되면 시스코의 총자산은 7,000만 달러로 늘어나게 되죠. 반면에 마이다스 CKC의 투자금은 무려 6,200만 달러입니다. 산술적으로 보삭 부부의 지분율은 아무리 크게 잡아도 3% 수준 정도예요. 이건 회계 전문 변호사에 물어보시면 금방 아실 겁니다. 여기 분석 자료가 있으니까 필요하시면 가져가셔도 돼요."

"저희 부부의 지분율을 3%로 줄이겠다는 뜻인가요?"

"아닙니다. 저는 물론 그렇게 건의했지만 보스께서는 그럴 생각이 없더군요. 보스는 보삭 부부의 지분율을 10%로 확보해 주기를 바라고 계십니다."

"음……."

"회사의 규모가 배 이상 늘어나면서 매출은 앞으로 크게 올라갈 것이고 이익도 급격하게 상승할 거에요. 하지만 투자는 계속 증가할 수밖에 없어요. 시스코가 사업이 안정화될 때까지 천문학적인 투자가 필요할지 몰라요. 그럼에도 우리 보스께서는 보삭 부부의 지분율을 더 이상 낮추지 않겠다고 하시네요. 두 분이 있었기에 시스코가 생겼다는 사실을 인정해야 된다고 말씀하십니다."

황인혜가 사무적인 얼굴로 바라보자 보삭의 얼굴에서 서서히 격한 감정의 물결이 자리 잡았다.

그의 얼굴은 어느새 최강철에게 향하고 있었는데 자신의 감정을 숨길 생각조차 없는 것 같았다.

"고맙습니다, 허리케인. 우리 부부를 이렇게 생각해 주니 최선을 다해서 시스코의 발전을 돕겠습니다."

"그렇게 생각해 주시니 오히려 제가 고맙군요. 자, 그럼 이 일은 그 정도에서 정리하는 것으로 하고 파크 씨는 필요한 자금 계획서를 세부적으로 작성해서 마이다스로 보내주시기 바랍니다. 검토가 끝나는 대로 곧 자금을 송금해 드리죠."

"보스, 감사합니다."

"별말씀을… 지금부터는 오늘 제가 온 진짜 이유에 대해서 회의를 진행하겠습니다. 서 사장님, 그것 좀 꺼내보시겠습니까?"

"예, 보스."

최강철의 지시로 서지영이 가방에서 서류 더미를 꺼내 일행 앞으로 나눠주었다.

서류의 분량은 30여 쪽이나 될 정도로 두꺼운 것이었다.

"이 서류를 저와 함께 보면서 이야기를 나누시죠……"

최강철이 일행들에게 자신이 구상해 온 것들을 설명해 주었다.

인터넷이 본격적으로 일반화되었을 때를 대비한 포털 사이트의 구축 방안과 체계를 형성시키는 TREE, 그리고 내용 구성에 관한 것이었다.

그가 학교에 다니면서 틈틈이 만든 것으로 야후와 네이버의 장점만 골라 모아 작성했다.

하지만 최강철이 일행에게 이야기한 것은 그것만이 아니라 한 가지가 더 있었다.

바로 인터넷 쇼핑몰이다.

이것 또한 기본적인 체계도와 시스템 구성 방안까지 구체적으로 작성되어 조금만 보완되면 실행에 아무런 문제가 없을 정도였다.

최강철의 설명을 들은 키애른 파크와 보삭 부부, 그리고 서지영과 황인혜까지 회의에 참여한 사람들은 정신을 차리지 못했다.

아직 인터넷이 활성화되지 않은 상황에서 이런 아이디어를 내고 있는 최강철이 그들의 눈에는 귀신으로 보일 지경이었다.

"파크 씨가 해줄 일이 있습니다."

"뭡니까, 보스?"

"이 안들을 구체화시키기 위해 저는 시스코와 별도로 두개의 회사를 만들 생각입니다. 모든 비용은 마이다스 CKC에서 지원할 겁니다. 그에 대한 준비를 해주시기 바랍니다."

"알겠습니다."

"실무적인 것은 보삭 부부께서 진행해 주세요. 제가 알기로 보삭 씨는 이쪽 방면에 뛰어난 인재들을 많이 알고 계시니까 최상의 조건을 제시해서 스카우트해 주시면 좋겠습니다."

"그들은 지금 대부분 다른 회사에서 일하고 있습니다. 웬만한 조건으로는 스카우트하기 힘들 텐데요?"

"스카우트에 필요한 비용은 제가 다 댈 테니 걱정하지 않으셔도 됩니다. 필요한 인재들은 무조건 데려오세요."

"그렇다면 최선을 다해 준비하겠습니다."

"우리는 이 일은 3년 이내에 끝마쳐야 합니다. 연구가 끝나서 결과물이 나오는 대로 특허 출원까지 완료해야 된다는 거 잊지 마시고 최대한 서둘러 주시길 부탁드립니다."

"그런데 궁금한 게 있습니다."

"보삭 씨, 뭐죠?"

"지금 상황에서 이 아이디어들은 상용화가 어렵습니다. 인터넷은 정부가 독점적 지위를 가지고 있습니다. 일반인들의 사용이 없는 상황에서 이런 아이디어가 무슨 필요가 있을까요?"

"조만간 인터넷은 국가의 통제에서 벗어나게 될 겁니다. 우리는 그때를 대비해서 준비하는 것입니다."

"그렇게 되지 않는다면 보스는 막대한 손해를 보게 됩니다."

"걱정하지 마십시오. 반드시 그렇게 될 테니까요. 시대의 흐름을 막을 수 있는 정부는 세상 어디에도 없는 법입니다."

확신이다.

그리고 당연히 그렇게 될 수밖에 없다.

잠자코 있던 키애른 파크가 나선 것은 보삭 부부가 긴 신음을 흘리며 뒤로 물러섰을 때였다.

"보스, 회사를 차리는 건 한 달이면 충분합니다. 하지만 먼저 회사의 이름이 필요합니다. 보스께서 생각하신 이름이 있으면 말씀해 주십시오."

"회사의 이름은… 'Horizon'과 'Empire'입니다."

*       *       *

돈이란 무엇인가.

돈이 돈을 벌고 그 돈이 또 돈을 벌어들이는 기괴한 현상을 보면서 최강철은 한숨을 길게 흘려냈다.

6개월 전 2억 달러였던 자산은 불과 그사이에 또다시 불어나 3억 달러에 육박하고 있었다.

블랙 먼데이의 여파에서 완벽하게 벗어난 미국의 주식 시장은 무섭게 치고 올라가는 중이었다.

현재의 주가 지수는 3,000을 찍고 계속 오르는 중이었으니 오히려 블랙 먼데이 이전보다 훨씬 더 오른 상태였다.

당장 현금으로 전환할 수 있는 자산이 벌써 3억 달러에 달했는데 그가 산 주식들은 전부 주식 시장을 견인하며 2, 3배씩 오르고 있는 중이었다.

하지만 그의 자본은 이것뿐이 아니다.

델 컴퓨터의 보유 주식은 유예 기간이 풀리는 2년 후면 현재 가치로도 1억 달러에 달하는 현금을 확보할 수 있었다.

물론 말이 그렇다는 것이다.

델 컴퓨터는 지금 무섭게 성장하고 있는 상태였기 때문에 보유 주식을 처분한다는 건 말도 안 되는 짓이었다.

"강철 씨, 3,000만 달러는 어디서 빼는 게 좋겠어?"

"버크셔 해서웨이는 홀드하고 나머지 주식에서 적당히 만들어 투자해."

"알았어. 그럼 동일 퍼센트로 균등하게 매각할게. 그런데 우리 쪽은 어쩌지?"

"뭘?"

"내가 운영하는 선물 쪽 투자가 벌써 2,000만 달러가 되었어, 너무 덩치가 커져서 조금 불안하기도 한데……."

"지영 씨, 그 돈은 내가 지영 씨한테 맡긴 거니까 계속 운영해도 좋아. 하지만 절대 무리하지 마. 옵션에 투자하다가 잘못 걸리면 마이다스 CKC가 무너질 수도 있어. 옵션은 함부로 하는 게 아니니까 적정하게 분배하면서 잘해줘."

"고마워. 절대 무리하지 않을게."

서지영이 활짝 웃으며 최강철을 바라보았다.

그녀는 주식과 선물 쪽을 담당하고 있었지만 실질적으로 집중하고 있는 것은 선물과 옵션 쪽이었다.

주식 쪽은 최강철이 홀드 앤 바이 전략을 펼치고 있었기 때문에 그녀가 할 수 있는 일이 없었지만 선물 쪽은 별도의 자금을 운용하면서 마음껏 능력을 펼칠 수 있었다.

그리고 1년 만에 원래의 자금을 배로 불려놨으니 그 성취감에 일이 고된 줄도 몰랐다.

"지영 씨가 해줄 일이 있어."

"내가 해줄 일?"

"그래, 나는 마이다스 CKC, 한국 지부를 만들고 싶어. 그에 대한 준비를 해줘."

"한국에는… 왜?"

"우리 뿌리가 거기잖아. 그러니 이제 한국에도 투자해야지."

\*　　　　\*　　　　\*

188 기적의 환생

최강철이 방어전을 끝내고 돌아오자 대한민국 전체가 그를 뜨겁게 받아들였다.

그냥 승리가 아니라 일방적인 승리였기에 국민들의 반응은 거의 한 달이 지나 귀국했음에도 여전히 뜨거웠다.

학교도 마찬가지였다.

그가 돌아왔을 때 서울대에서는 학칙까지 바꿔서 국가의 명예를 위해 혁혁한 공을 세운 학생은 경기를 위해 수업에 빠져도 출석한 것으로 간주한다는 예외 조항을 만들어놓았다.

그것을 가장 강력하게 주장하고 실천에 옮긴 사람이 바로 윤문호 교수였다.

최강철이 그런 윤문호 교수를 찾은 것은 개학하고 일주일이 지났을 때였다.

"교수님, 안녕하셨어요?"

"아이고, 허리케인. 우리의 영웅. 어서 오게."

"그러지 마세요. 부끄럽습니다."

"허허… 이 사람아, 링에서는 그렇게 호랑이처럼 날뛰더니 그게 무슨 말인가. 천하의 허리케인이 부끄럼도 다 알아?"

"교수님 커피 주십시오. 교수님이 타주시는 쓴 커피가 생각나서 왔습니다."

"거기 앉아. 금방 타줄 테니까."

윤문호 교수가 최강철을 소파에 앉히고 부지런히 움직여서 커피를 가져왔다.

능숙하다.

학과장실을 찾는 교수나 학생에게는 직접 커피를 타줬기 때문인지 그의 움직임은 여유가 있으면서 매우 빨랐다.

그는 아버지가 아들이 밥 먹는 걸 지켜보는 눈빛으로 최강철이 커피 마시는 걸 지켜보고 있었는데 그 눈빛이 너무나 따뜻했다.

"그렇지 않아도 자네를 부르려고 했네."

"무슨 일이 있었나요?"

"저번 주에 스포츠데일리에서 기자가 찾아왔어. 자네 성적을 가지고 시비를 걸더군."

"아, 예……."

윤문호 교수의 말에 최강철의 얼굴에서 쓴웃음이 떠올랐다.

스포츠 데일리의 신치현은 자신이 시합을 위해 수업을 빠졌을 거란 예상을 하고 취재하다가 결국은 반대로 기사를 쓰면서 시합 포기 운운하는 기사를 썼던 사람이었다.

"그래서 내가 직접 자네의 시험지를 전부 보여줬어. 그놈의 자식, 얼마나 꼬장 대면서 사람 성질을 긁어대던지 화가 머리 끝까지 나더구먼."

"고생하셨습니다."

"이봐, 강철 군. 자네 뭔가. 도대체 어떻게 된 거야?"

"뭘 말씀입니까?"

"이 사람아, 성적이 적당해야 이해를 하지. 이번에도 자네가 수석이야. 그러니 기자까지 쫓아온 거 아닌가. 복싱 선수가 어쩌면 그럴 수 있어!"

"그럼 제가 경영대 수석을 했다는 건 이해가 되십니까. 그때도 저는 복싱 선수였어요."

"예끼, 이 사람아. 그러니까 내가 환장하겠다는 거 아냐."

"저는 운동과 공부를 병행하면서 둘 다 최선을 다했습니다. 성적이 좋게 나온 것은 그 결과일 뿐입니다."

"나는 이해하네. 하지만 계속 이렇게 결과가 나오면 이해하지 못하는 사람이 많을 걸세."

"그럼 시험을 대충 볼까요?"

"허 참, 누가 그러래. 그냥 걱정이 된다는 거지."

"교수님이 잘 막아주십시오. 이번처럼 성적 가지고 시비 거는 사람들이 있으면 계속 시험지를 공개하셔도 됩니다."

"알겠네, 그런데 자네 얼굴 보니까 나한테 하고 싶은 말이 있는 것 같구만. 뭔가, 말해봐!"

교수들은 고지식해서 눈치가 없다고 하는데 윤문호 교수는 그렇지 않은 모양이었다.

그는 최강철이 자신을 빤히 바라보는 눈빛을 확인하면서 넌지시 말을 꺼냈는데 자신의 판단이 틀리지 않았다고 확신하는 것 같았다.

그랬기에 최강철은 이곳에 온 목적을 천천히 꺼냈다.

"교수님, 미국에 마이다스 CKC란 회사가 있습니다. 그 회사가 한국에 지부를 세우려고 하는데 교수님이 회사를 맡아 운영할 사람을 한 명 추천해 주셨으면 합니다."

"마이다스 CKC, 그게 뭐 하는 회사지?"

"투자 전문 회삽니다."

"규모는?"

"현금 동원력이 1억 달러 정도 됩니다."

"허억, 1억 달러!"

최강철의 대답에 윤문호 교수의 눈이 남산만 하게 커졌다.

1억 달러면 한국 돈으로 900억이다.

단순한 투자 회사라고 생각했는데 그 규모가 엄청나자 윤문호 교수는 놀라움을 감추지 못했다.

하지만 그 규모를 최강철이 대폭 축소해서 이야기한 걸 안다면 그는 아마 기절했을지도 모른다.

"대단한 규모를 지닌 회사구만. 하지만 중요한 것은 한국에서의 투자 규모야. 그걸 알아야 적당한 사람을 추천할 수 있지 않겠나?"

"제가 알기로 최초 2,000만 달러에서 시작할 것 같습니다. 그리고 점점 그 규모를 늘려 나간다고 하더군요."

"나는 당최 이해가 되지 않아. 마이다스 CKC가 그렇게 큰 금액을 한국에 투자하려는 이유가 뭐지?"

"그 회사의 오너가 한국 사람이기 때문입니다."

"음… 그렇다면 이해가 되는군. 좋아, 내가 적당한 사람으로 물색해 보겠네."

"그쪽에서는 될 수 있으면 젊고 정직한 사람을 원하네요. 그런 사람으로 알아봐 주시면 고맙겠습니다."

"알았네."

*       *       *

이창래는 보름 전 MBC의 스포츠국장으로 승진했다.

그는 연속으로 최강철의 방어전 중계권을 따내면서 혁혁한 공로를 세웠기 때문에 경쟁자들을 물리치고 당당하게 영예를 안았다.

부장과 국장은 대우 면에서 100가지도 넘는다는 게 직원들의 평가였다.

일단 국장에 오르면 차가 나오고 비서가 지원되는데, 부장에 비해 회사에서 주어지는 혜택이 무궁무진했다.

처음에 국장 사무실로 들어왔을 때는 그렇게 낯설더니 보름이 지나자 안방처럼 편해지기 시작했다.

지위가 사람을 만든다는 걸 증명이라도 하듯 이창래의 품격은 몰라볼 정도로 달라져 있었다.

전화벨이 길게 울린 것은 정기 부장 회의를 끝내고 의자에 앉아 신문을 여유 있게 읽을 때였다.

"여보세요?"

─승진하셨다면서요. 축하드립니다.

"실례지만 누구신지……?"

─최강철입니다.

"아이고, 강철이. 전화를 다 주고 어쩐 일이야!"

국장답게 근엄한 목소리로 전화를 받던 이창래가 펄쩍 뛰어오르며 부장 시절의 목소리로 고함을 쏟아냈다.

전혀 예상하지 못한 최강철의 전화는 그를 자리에서 일어나게 만들기 충분했다.

─지금 사무실 앞에 있는데 잠시 들어가도 되나요?

"회사 앞? 그럼 들어와야지 왜 거기 있어. 들어와, 이 사람아. 가만, 내가 마중 나갈 테니까 정문 쪽으로 오라고."

─그러겠습니다.

전화를 끊은 이창래가 대충 옷을 챙겨 입고 부리나케 달려나가기 시작했다.

어디 가시느냐고 물었으나 그는 대답조차 하지 않고 뛰어나갔기 때문에 비서가 황당한 표정을 숨기지 못했다.

"자네가 여긴 어쩐 일이야, 정말 나 보러 온 거야?"

"그럼 제가 방송국에 왜 왔겠어요. 국장님 보러 왔죠."

"들어가세, 들어가."

이창래가 마치 마당쇠처럼 앞장서면서 최강철을 모시고 들어가자 방송국 로비에 있던 사람들이 몰려들기 시작했다.

어딜 가든 마찬가지다.

방송국에는 난다 긴다 하는 스타들이 수시로 들락거리는 곳이었기 때문에 웬만한 스타들은 쳐다보지 않았는데 최강철이 나타나자 편의점에서 음료수를 마시던 사람들까지 뛰어왔다.

사람들의 숲을 뚫고 엘리베이터를 탄 후 국장실로 들어서자 최강철의 얼굴을 확인한 여비서가 얼마나 놀랐는지 커피를 마시다가 뿜어내는 게 보였다.

"이런 쯧쯧쯧… 자네 때문에 요즘 난리야. 좀 적당히 생기지 그랬어. 여자들이 자네만 보면 정신을 차리지 못하니 어쩌면 좋아."

"국장님, 제가 잘생겼나요?"

"그럼 그게 잘생긴 거 아니면 뭐가 잘생긴 거야?"

"우리 관장님하고 성일이는 자기들이 더 잘생겼다던데요.

솔직히 말해서 제가 썩 잘생긴 건 아니죠."

"허어, 그걸 겸손이라고 하는 말이야?"

"하하… 사실이잖습니까. 제가 복싱을 잘해서 그렇지 영화 배우들한테 비하면 명함이나 내밀 수 있겠어요."

"기생오라비처럼 생긴 것보다 자네처럼 생긴 게 훨씬 멋있는 거야. 여자들이 자네를 최고의 신랑감으로 꼽는 거 몰라?"

"됐습니다. 이제 그만하세요."

마침 여비서가 차를 타서 가져오자 급히 최강철이 말을 돌렸다.

밴댕이도 낯짝이 있다고 여자 앞에서까지 외모를 가지고 대화를 나눌 수는 없기 때문이었다.

"국장님, 제가 오늘 국장님을 찾은 건 부탁을 드릴 게 있어서입니다."

"부탁, 뭔데?"

"엔도 아시죠. 후지산의 호랑이라는?"

"알지, 그놈 요새 일본 사람들한테 엄청난 인기를 끌고 있잖아. 3일 후에 랭킹전을 동경에서 벌인다고 들었는데 그놈이 왜?"

"제가 엔도의 시합 테이프가 필요합니다."

"허억!"

간단한 한마디에 이창래의 얼굴이 허옇게 변했다.

국장의 위치에 올라가기까지 산전수전 다 겪으면서 늘은 건 눈치밖에 없다.

그랬기에 최강철의 단순한 한마디에 이창래는 단박에 상황을 눈치채고 경악성을 숨기지 않았다.

이 한마디의 의미에는 수많은 것이 달려 있었기 때문이다.

하지만 그는 금방 표정을 숨기고 자신의 궁금증을 물어왔다.

"통합 챔피언전은 어떻게 돼가고 있나?"

"지금 돈 킹 씨가 추진하고 있습니다. 하지만 조율하는 데 생각보다 시간이 걸린다고 하니 기다려 봐야 할 것 같습니다. 일본 방송 쪽하고 선이 닿으시죠? 그 친구가 실력이 뛰어나다고 하던데 최근 경기 테이프 3개 정도만 구해주세요."

"알았네. 구해주지."

"국장님이 되셨으니 밥 사주실거죠?"

"그걸 말이라고 하나. 언제 사줄까? 말만 해."

"지금 밥 먹을 때 다 됐잖습니까. 시간 괜찮으시면 말 나온 김에 오늘 사주세요."

"오케이, 알았어."

"우리 둘이 먹으면 심심하니까 정치부나 경제부 기자들 몇 사람 더 나오라고 하시죠."

"왜?"

"세상 돌아가는 거 들어보고 싶어서요."

"그러지, 뭐. 그런데 난 급하게 처리할 일이 있으니까 조금만 기다려 줘. 10분이면 될 거야."

"여기서 기다릴까요?"

"그래. 금방 돌아올 테니 여기 있어."

이창래가 최강철을 내버려 두고 미친놈처럼 뛰어나갔다.

그 모습을 보면서 빙그레 웃었다.

이 정도 떡밥이라면 그의 다음 행동이 어떨지 뻔히 짐작이 되었다.

최강철의 예상대로 이창래는 엘레베이터를 타고 9층으로 내려가서 스포츠국의 사무실을 박차고 들어가며 고함을 질러 댔다.

"비상, 비상!"

"국장님, 무슨 일이십니까?"

고함 소리에 놀란 부장들이 달려오자 이창래가 지시를 하기 시작했다.

그의 얼굴은 이미 붉게 달아오른 상태였다.

"당장 일본 쪽으로 중계진 보내! 우리는 엔도 경기를 생방송으로 때린다."

"엔도, 그 자식 경기를 우리가 왜 생방송으로 내보낸단 말입니까?"

"엔도가 최강철의 다음 상대가 될 가능성이 커. 서둘러야 된다. 저쪽에서 달려들면 곤란해져."

"커억!"

이창래의 말을 들은 부장들의 얼굴도 순식간에 허옇게 질렸다.

그들은 이런 정보를 가지고 온 이창래의 얼굴을 바라보며 놀란 와중에도 의문을 숨기지 못했다.

최강철은 방어전을 치른 지 불과 한 달밖에 지나지 않았는데 벌써 다음 상대를 엔도로 찍는다는 건 전혀 이해할 수 없는 일이었다.

하지만 이창래의 얼굴은 확신에 차 있었다.

"의심하지 마, 진짜니까. 그리고 김 부장은 NHK 쪽에 부탁해서 엔도 시합 테이프 전부 구해와. 알았어?"

# 제35장
## 신풍 I

엔도는 5차 방어전을 끝으로 동양 타이틀을 반납했다.

우물 안의 개구리로 놓고 싶지 않다는 생각이었다. 한 번을 싸워도 강자들과 싸우고 싶었고 그래야만이 커다란 세계로 나갈 수 있다는 판단이었다.

타이칸 프로모션의 아끼야마는 그의 생각에 적극적으로 동의했는데, 그 역시 엔도가 동양에서 활동하기에는 그 역량이 너무 출중하다는 생각을 가지고 있었기 때문이다.

타이칸 프로모션은 일본 최대의 규모를 자랑했고 챔피언을 17명이나 탄생시켰던 명문이다.

웰터급은 동양인들에게는 피지컬 면에서 한계가 있었기 때문에 강자들이 거의 전무한 상태였다.

현존 최강으로 군림하고 있는 한국의 최강철이 있었으나 그건 특별한 경우였고 동양 타이틀에 도전했던 자들은 그의 주먹에 5라운드를 버티지 못할 정도로 형편없는 실력들을 지니고 있었다.

18전 18KO승.

어쩌면 엔도는 최강철의 판박이나 다름없다.

비록 최강철처럼 아마추어를 거치지는 않았으나 엔도의 복싱은 야수 그 자체를 본다는 느낌이 들 정도로 강력했다.

링에 서는 순간 그의 눈에서는 거침없는 살기가 뿜어져 나온다.

그의 살기를 받은 선수들은 경기가 시작 전부터 위축이 되었고 일방적으로 몰리다가 엔도의 폭발적인 공격에 전부 쓰러졌다.

처음 데뷔했을 때부터 이해하지 못할 정도로 뛰어난 기량을 가지고 있었던 그는 펀치력이 얼마나 강했던지 한 방 맞을 때마다 상대는 대미지를 입고 정신을 차리지 못했다.

경기가 지속될수록 엔도의 기량은 급격한 성장을 거듭해서 현재에 이르러서는 세계를 주름잡고 있는 어떤 강자들과 붙어도 충분히 이길 수 있을 정도로 완성 단계에 있었다.

그 증거가 저번 시합에서 벌어졌던 가르시아와의 대결이었다.

WBC 랭킹 7위에 있던 가르시아와의 대결에서 엔도는 일방적인 공격을 퍼부으며 불과 4라운드만에 승리를 거뒀다.

엔도에게는 주 무기가 없다.

어떤 펀치도 소화했고 모든 기술이 위력적이었으며 방어 기술이 뛰어나서 지금까지 한 번도 다운을 당한 적이 없었다.

엔도가 일본의 영웅으로 불리기 시작한 것은 타이칸 프로모션의 적극적인 홍보와 일본 복싱계의 전폭적인 지원 때문이었다.

일본 경제는 갑작스럽게 불어닥친 경제 침체로 인해 정부에 대한 국민들의 감정이 폭발 직전까지 가 있는 상황이었기에 새로운 영웅의 탄생이 필요했다.

그러고 보면 어떤 정부도 하는 짓이 비슷하다.

일본에는 세계 챔피언이 한 명도 없는 상황이었기에 강력하게 떠오른 엔도의 약진은 어쩌면 당연한 것이었는지 모른다.

최강철의 존재가 가장 큰 이유다.

한국의 최강철이 세계 최고의 복서로 성장하면서 전 세계의 주목을 받는 걸 보며 일본 국민들은 부러움과 동시에 질시의 감정을 느끼고 있었다.

일본 국민들의 가슴속에 들어있는 한국에 대한 감정은 오로지 하나.

바로 멸시다.

36년이나 자신들의 지배를 받았고 미국의 힘에 의해 해방
이 되어 한강의 기적이라는 경제성장을 이루었으나 일본인들
은 한국을 여전히 속으로 하인에 불과하다고 생각했다.

그것은 전쟁에서 졌지만 단시간 만에 세계를 주름잡는 경
제 대국으로 성장해서 여전히 정치, 경제, 문화 전반에 걸쳐
강대국의 지위를 확보한 일본인들의 자긍심이 밑바탕에 깔려
있기 때문이었다.

한국은 아무리 발버둥을 쳐도 자신들을 따라올 수 없다는
자신감.

그 자신감이 있는 한 한국은 언제까지나 그들의 속국일 수
밖에 없었다.


*             *             *


"엔도의 컨디션은?"

"최상입니다. 그는 승리를 자신하고 있습니다."

"그래, 그래야지."

오하라의 대답에 아끼야마의 입에서 미소가 흘러나왔다.

이번 대전을 위해 라파엘 피네다에게 백만 달러란 거금을

206 기적의 환생

주었으니 반드시 이겨줘야 한다.

아니다, 그것 때문이 아니다.

엔도가 반드시 이 경기를 잡아야 하는 이유는 그것보다 훨씬 크다.

랭킹 1위에 올라 최강철을 때려잡기 위해서는 무슨 수를 쓰더라도 이 경기를 이겨야 했다.

엔도가 이 경기를 이기고 최강철과 대결할 수 있다면 그는 천문학적인 돈을 손에 쥘 수 있을 것이다.

"국민들 반응은?"

"폭발적입니다. 이미 전 좌석 매진이 되었고 3 대 방송사가 동시에 중계방송하는 것으로 계획되어 있습니다."

"VIP들 초청은 끝났나?"

"150장 전부 발송되었는데 참석하겠다는 답변이 90%가 넘었습니다. 특히 배우, 가수, 탤런트 등 연예계 쪽의 참석률은 100%입니다."

아끼야마는 이 경기의 홍보를 위해 다양한 방안을 구사했는데 VIP용으로 150장의 초청장을 마련했고 그중 절반을 연예계 쪽에 뿌렸다.

어느 경기나 마찬가지겠지만 연예인들이 텔레비전에 나오면 그 경기의 흥행을 대폭 끌어 올릴 수 있었다.

미국의 프로모션들도 마찬가지 방법을 썼는데 그만큼 연예인들의 등장이 효율적이기 때문이다.

"잘되었구만. 그놈들이 있어야 화면발이 살아. 홍보는 계속 때리고 있겠지?"

"그렇습니다. 텔레비전에서는 이미 이 시합에 대한 특별 방송을 내보내면서 최강철과의 대전 가능성을 떠들고 있습니다. 그게 불을 지르고 있습니다. 우리나라 국민들은 한국인에게 지는 걸 극도로 싫어하잖습니까."

"우리 전략이 완벽하게 맞아들고 있어. 이제 멍석을 깔아놨으니 엔도만 잘해주면 된다."

"라파엘은 불과 1주일 전에 동경으로 들어왔습니다. 놈의 컨디션은 정상이 아닐 테니 이번 시합은 무조건 엔도가 이깁니다."

"속단하지 마라. 그 자식은 랭킹 2위에 올라 있을 정도로 뛰어난 실력을 가진 놈이야. 엔도도 이번만큼은 신경 바짝 써야 해."

"걱정하지 마십시오. 엔도는 이 경기를 위해 5개월이나 지옥 훈련을 해왔습니다. 그는 우리 국민들에게 자부심과 희망을 동시에 심어줄 수 있을 겁니다."

\*　　　　\*　　　　\*

호프집에 마주 앉은 김영호와 류광일은 상사의 뒷다마를 까면서 거품을 물었다.

무역 회사의 특성은 실적이 생명이었다.

얼마나 매출액을 올리느냐에 따라 상사원의 목숨은 왔다 갔다 했는데 일본의 경제가 갑자기 곤두박질을 치면서 그들의 실적 역시 바닥을 쳤다.

환장하는 건 부장들이 그런 특수한 상황을 뻔히 알면서 그들을 쥐 잡듯 한다는 것이었다.

물론 이해가 되지 않는 건 아니다.

그들 역시 윗대가리들 회의에 들어가면 떡이 되어 나오겠지만 그래도 인신 공격까지 하는 건 도저히 참을 수 없는 일이었다.

"확 때려치울까. 서 부장 그 개새끼 면상 보는 거 아주 지겹다, 지겨워."

"아서라, 제수씨 기절할라."

"좋은 대학 나왔다는 게 자랑이야? 무슨 일 얘기하다가 뻑하면 어느 대학 나왔느냐고 묻느냐고. 씨발 놈이, 그렇게 잘 났으면 고시 봐서 공무원이나 될 것이니 무역 회사는 뭐 하러 왔대?"

"그 인간 나한테는 책상 정리 안 한다고 지랄하더라. 일하다 보면 어질러질 수 있지, 그거 가지고 지랄하는 건 또 뭐야.

회사가 국민학교냐? 뭔 청소 타령을 맨날 해!"

"아우 씨, 그나저나 큰일 났네. 일본이 왜 갑자기 저 지랄을 떨어서 이 난리를 피운다냐."

"너무 잘나갔지. 일본 경제가 그동안 무섭게 성장했잖아. 벌써 급속 성장을 해온 게 40년이 넘어. 그러니 이제 고비가 오는 건 당연한 거 아니겠어?"

"부동산이 미친 듯이 곤두박질친다며?"

"그렇다는구만. 이미 동경 집값이 반 토막이 났다더라."

"그거 우리나라에도 불똥이 튀는 거 아닐까?"

류광일이 갑자기 걱정이 든 듯 묻자 김영호가 피식 웃었다.

3개월 전에 겨우 21평 아파트를 장만한 류광일의 걱정이 눈에 보였기 때문이다.

"우리나라는 이제 겨우 시작이야. 고꾸라질 게 있어야 고꾸라지지. 넌 경제를 전공했다는 놈이 그걸 말이라고 해?"

"마누라가 지금 좋아죽으려고 한다. 융자가 꽤 많지만 내 명의로 된 집은 처음이잖아. 그동안 전세를 전전하느라 생고생을 했는데 집값 떨어져 봐라. 난 바로 사망이야."

"절대 그럴 일 없어. 내가 봤을 때 우리나라 집값은 이제부터 시작이야. 넌 집 잘 샀어."

"나도 그랬으면 좋겠다."

김영호의 위로에 류광일이 맥주잔을 들어 입안으로 털어

넣다가 스르륵 멈췄다.

그의 시선은 벽 상단에 올려 있던 텔레비전에 가 있었는데 전혀 생각하지도 못했던 예고 방송이 흘러나오고 있었기 때문이다.

"야, 김 대리, 저게 뭐냐?"

"뭔데?"

뒤늦게 김영호의 눈이 텔레비전으로 향했다가 류광일과 비슷한 표정으로 멈췄다.

화면에서는 엔도와 라파엘 피네다의 경기를 생중계 방송한다는 예고가 흘러나오고 있었는데 자막에 말도 안 되는 설명이 따라붙어 있었다.

―후지산의 호랑이, 엔도. 최강철과의 대결을 꿈꾸다!

복싱광인 두 사람이 자리에서 벌떡 일어나 텔레비전으로 뛰어갔다. 거기에 비슷한 행동을 한 놈들이 따라붙으며 금방 텔레비전 주위에는 10여 명 정도가 모여들었다.

화면에서는 이전에 있었던 엔도의 시합 장면을 보여주는 중이었다.

저, 미친놈들.

어떤 시합인지 모르겠으나 상당수의 일본 관중들이 일장기를 들고 엔도를 응원하는 게 보였다.

귀를 기울이자 예고를 때리는 앵커의 목소리가 날카롭게 파고들었다.


—후지산의 호랑이 엔도, 그는 과연 랭킹 1위에 오를 것인가. 전 일본 국민의 영웅, 엔도의 일전이 펼쳐진다. 내일 오후 7시 후지산의 호랑이 엔도는 최강철과의 대결을 꿈꾸며 피할 수 없는 일전을 벌인다. 시청자 여러분, 엔도는 과연 누굴까요. 그가 정말로 최강철 선수와 싸울 수 있는 강자인지 MBC 특집 권투를 통해 확인하시기 바랍니다!


예고 방송이 끝나자 자리로 돌아온 두 사람의 시선이 부딪혔다.

먼저 입을 연 것은 김영호였는데 답답한 듯 맥주잔을 들어 벌컥벌컥 들이켠 후였다.

"방송국 저 새끼들, 미친 거 아니냐?"

"그러게 말이다. 깡철이 방어전 끝난 지 이제 겨우 한 달밖에 안 됐는데 무슨 개소린지 모르겠네."

"그런데 이상하잖아. 방송국 놈들이 단순하게 시청률 올리려고 저런 소리를 했을까? 깡철이가 누구냐, 대한민국 전체가 사랑하는 놈을 상대로 뻥을 쳤다가 나중에 아닌 것으로 드러나면 뒈질 텐데?"

"음, 그럼 신빙성이 있다는 건가?"

"햐… 미치겠네. 내가 복싱지 보니까 깡철이 프로모터 돈 킹이 통합 타이틀 추진 때문에 미친 듯이 뛰어다닌다고 나오던데 저게 뭔지 모르겠구만."

"방송국에 진짜냐고 전화해 볼까?"

"넌 진짜 성질 급한 건 죽여줘. 야, 우리가 전화 안 해도 돼."

"왜?"

"내일이면 무조건 나오게 되어 있어. 우리나라 사람들이 그냥 있는 거 봤냐. 아마 지금쯤 방송국 전화통이 불나고 있을 거다."

"흐흐… 그렇긴 하지."

자신이 생각해도 웃겼던지 류광일이 실실 웃었다. 우리나라 사람들 성질 급한 것은 세상 사람들이 다 아는 일이다.

하지만 그는 곧 웃음을 멈추고 김영호를 바라보며 입을 열었다.

"어이, 복싱 매니아. 저기 나온 엔도가 어떤 놈이냐?"

"작년부터 일본 놈들한테 엄청난 인기를 얻고 있는 놈이야. 동양 타이틀을 5차까지 방어하고 타이틀을 팽개쳤는데 일본에서는 그놈을 챔피언감으로 꼽고 있어. 타이틀에 도전했다가 나가떨어진 놈들 중에는 우리나라 놈도 둘이나 있다. 워낙 테크닉과 펀치가 좋아서 최강철와 붙어도 이길 수 있다고 큰소리치더구만. 전적이 18전 18KO승이야."

"우와, 전적이 빵빵하네. 그런 새끼를 왜 내가 몰랐지?"

"텔레비전에서는 한 번도 나오지 않았지만 복싱지에는 여러 번 나왔다. 저놈이 괴물이라며 차기 세계 챔피언감이라고 인터뷰한 것도 나왔는데 아끼야마라고 엔도의 프로모터였어."

김영호가 자신 있게 말을 했다.

그는 매달 나오는 복싱지를 정기적으로 구입해서 밑줄까지 치면서 볼 정도로 복싱이라면 환장을 했기 때문에 웬만한 전문가들보다 정보가 더 밝았다.

"봤냐, 시합하는 거?"

"아니, 그놈 시합을 어디서 봐? 우리나라 놈도 아닌데."

"정말 그 정도로 잘하는 놈인지 갑자기 막 궁금해지네. 저 새끼가 진짜 이번 시합에서 이겨서 깡철이한테 도전하면 재밌겠다."

"뭐가 재밌어?"

"생각해 봐. 우리 깡철이가 일본 놈을 박살 내면 얼마나 속이 시원하겠냐. 만약 그 시합이 결정되면 우리나라에서 해야 돼. 이번엔 꼭 가서 깡철이 시합 봤으면 원이 없겠어."

"야, 깡철이는 통합 챔피언 먹어야지 저런 놈이랑 왜 시합을 해. 난 저 새끼와 시합하는 거 반대야. 세계가 좁다고 뛰어다니는 우리 깡철이하고 저런 놈이 같은 링에 오르는 것 자체가 난 싫어."

"그런가?"

"당연하지. 어디서 감히 깡철이한테 도전을 해. 죽을라고!"

"그래도 내일 중계해 준다는데 보자. 혹시 또 모르잖아. 그 자식이 정말 도전하면 이번 경기 놓친 거 후회할 거다."

"누가 안 본데. 심심하니까 보긴 볼 거야."

"같이 볼 거지?"

"아, 이 악마 같은 놈. 내일은 일찍 집에 들어가야 한다고……."

"맨날 가는 집, 하루 늦으면 어때. 그러지 말고 같이 보자. 내가 맥주 살게."

"거참 이상한 놈이 갑자기 튀어나와서 가정 파탄을 만드네. 어쩔 수 없지. 우린 권투를 사랑하는 사람들이니까 할 짓은 해야지. 크크크… 안 그러냐?"

"하아, 이 음흉한 놈."


\*　　　　　\*　　　　　\*


윤성호는 아직 들어오지 않았다.

결혼을 하더니 시합이 끝나도 일정 기간 미국에 있다가 뒤늦게 들어오는 버릇이 생겼다.

그랬기에 엔도의 경기가 벌어지는 날 집에 앉아 텔레비전을 향해 시선을 보내고 있는 건 최강철과 이성일 둘뿐이었다.

"쟤들 저거 뭐냐, 이번 경기를 혹시 타이틀전이라고 착각하는 거 아냐?"

"인기가 대단하구만. 일본 국민들이 영웅시 한다더니 맞는 모양이네."

화면을 통해 비춰지는 요요기 체육관에는 20,000명의 관중이 빽빽하게 들어차 있었는데 상당수가 일장기를 든 채 엔도가 출전하기를 기다리고 있었다.

MBC의 이창래는 예상대로 발 빠르게 움직여 엔도의 경기를 생중계하며 교묘하게 자신의 이름을 팔아 시청률을 확보했다.

물론 그러라고 준 정보였기에 사실 확인을 향해 벌 떼처럼 달려드는 기자들에게 침묵으로 일관했다.

아직 확정되지 않은 사실을 가지고 떠드는 건 어리석은 짓이다.

돈 킹은 지금도 통합 타이틀을 성사시키기 위해 뛰어다니는 중이었으니 그 결과에 따라 자신의 거취가 결정될 것이다.

"맥주 한 잔 더 가져올까?"

"그러자, 곧 시작할 거 같으니까 빨리 갔다 와."

"오케이."

맥주병이 바닥을 보이자 이성일이 총알같이 일어나 냉장고로 뛰어 갔다 오면서 쥐포까지 들고 왔다.

이럴 때마다 느끼는 거지만 이놈의 순발력은 생각보다 훨씬 뛰어나다.

이성일이 앉자 텔레비전에서 함성이 쏟아져 나오는 게 들렸다.

화면에는 인상적인 표정을 지닌 엔도가 출전하고 있었는데 일본 관중들은 그를 환영하면서 격렬하게 일장기를 휘두르고 있었다.

"저놈이 후지산의 호랑이라고?"

"그렇다더라."

"호랑이는 개뿔, 고양이처럼 생겼구만."

"남의 별명 가지고 욕하는 거 아니다. 나보고 일본 사람들이 허리케인이 아니라 봄바람이라고 부르면 좋겠어?"

"크크큭, 봄바람이라. 그거 괜찮네. 부드러운 남자처럼 느껴지잖아. 이왕 말 나온 김에 그걸로 바꿔."

"이 자식은 꼭 말꼬리를 붙잡고 늘어진다니까!"

"우리 깡철이 화나쪄?"

눈알을 부라리는 최강철의 엉덩이를 두드리며 이성일이 웃었다.

마치 아이를 달래는 듯한 그의 행동에 기어코 참지 못한 최강철의 주먹이 번쩍 치켜졌다.

타이밍을 아는 놈이다.

이성일의 귀신같은 국면 전환은 볼 때마다 혀가 내둘러지도록 절묘하다.

"강철아, 라파엘 나온다. 저놈도 상당하다며?"

"응? 그렇지."

"전적이 꽤 좋네. 45승 6패야. 그중 31KO승이니까 펀치력도 훌륭하잖아."

"세계 랭킹에 올라 있는 사람들이 실력 없는 거 봤어?"

주먹을 번쩍 들었던 최강철이 슬그머니 내려놓고 화면을 바라봤다.

이성일의 말대로 라파엘 피네다가 링에 올라오는 순간 화면에는 두 사람의 전적이 소개되고 있었다.

전적만 놓고 본다면 이 시합은 끝까지 가기 어려워 보였다.

라파엘 피네다도 펀치력이 뛰어났지만 엔도의 전적도 그에 못지않게 훌륭하다.

비록 경기 수가 적었으나 100%의 KO율을 가지고 있다는 건 상대를 쓰러뜨리는 기술과 펀치력이 뛰어나다는 걸 의미했다.

일본 관중들의 열기는 광적이었다.

식이 끝나고 경기가 시작될 때 화면을 통해 느껴지는 열기가 뜨겁게 느껴질 정도로 그들의 엔도에 대한 응원은 열광적이었다.

이윽고 경기가 시작되자 이성일이 잔을 들어 벌컥벌컥 들이켰다.

자신도 모르게 긴장하고 있었던 모양이었다.

"잘 봐, 내 상대가 될지 모르니까."

"설마 그럴 리가 있겠어. 돈 킹 씨가 꼭 성사시키겠다고 약속했잖아?"

"일이란 건 쉽게 해결될 일이 있고 그렇지 않은 게 있어. 특히 큰일들은 더욱 그래. 당장 나는 헌즈와 싸우고 싶지만 내가 원하는 대로 되지 않잖아. 허니건과의 싸움도 마찬가지야. 이것저것 걸리는 것이 많으니까 금방 이뤄지지는 않을 거다."

"그래도 그렇지 하필 일본 놈과 싸워, 부담되게시리."

"시작한다."

공이 울리는 걸 보면서 최강철이 말을 끊었다.

그건 이성일도 마찬가지였는데 그의 눈은 화면 속으로 빨려드는 것처럼 느껴졌다.

그동안 수많은 선수의 경기 스타일을 분석해 온 경험이 있었기 때문인지 이성일은 습관적으로 엔도와 라파엘의 콤비

블로우와 움직일 때의 특성, 잽에 이은 공격의 다양성에 대한 패턴들을 집중적으로 보기 시작했다.

처음에는 그저 흥미를 가지고 봤던 경기가 점점 치열하게 전개되자 저절로 손에 땀이 쥐어졌다.

두 선수의 난타전은 1회부터 쉴 새 없이 터지고 있었다.

바로 엔도 때문이었다.

미우라는 엔도의 스타일이 자신과 비슷하다고 했는데 왜 그런 말을 했는지 이해가 갔다.

엔도는 상대를 잠시도 그냥 두지 않았다.

무차별적인 인파이팅. 라파엘이 뒤로 빠져나가기 위해 애를 썼으나 엔도는 집요하게 접근하며 쉴 새 없이 펀치를 날려댔다.

일본 관중들을 자리에서 전부 일어나게 만든 건 5회전이었다.

라파엘의 약세를 본 엔도의 공격은 무서우리만치 집요했고 강력했다.

결국 라파엘이 엔도의 라이트 훅을 맞고 다운을 당했을 때 요요기 경기장이 일장기로 뒤덮였다.

겨우 정신을 차리고 일어난 라파엘은 로프에 기대어 공격을 견디다가 끝내 등을 돌리며 경기를 포기하고 말았다.

뭔가 이상하다.

엔도의 실력이 뛰어나다는 건 인정하지만 라파엘의 몸은 더 없이 무거워 보였는데 듀란이 헌즈에게 당할 때의 모습과 유사했다.

화면에서 엔도가 두 팔을 번쩍 들고 포효하는 모습을 보면서 최강철의 얼굴이 슬쩍 굳어졌다.

놈은 화면을 향해 주먹을 내보이며 뭔가를 떠들고 있었다.

기분 나쁜 웃음.

마치 자신을 부르는 느낌이었기에 최강철은 맥주잔을 들고 화면 속의 엔도를 노려봤다.

이거… 재밌는 놈일세.


*　　　　*　　　　*


기자들이 발칵 뒤집힌 것은 엔도의 시합이 끝나고 난 후였다.

예상했던 것처럼 엔도는 시합이 끝난 후 화면에 주먹을 내보이며 최강철과 싸우자는 도발을 했기 때문이었다.

그 사실이 MBC 중계 팀에 의해 그대로 알려지자 대한민국 국민들은 난리가 났다.

반응은 두 가지였다.

하나는 고양이 새끼가 덤비는 건 그냥 두고 볼 수 없으니 주둥이를 박살 내야 한다는 주장이었고, 또 다른 하나는 하룻강아지에 불과한 놈이니 통합 타이틀을 앞둔 상황에서 아예 상종조차 할 필요가 없다는 것이었다.

하지만 국민들이 모르는 게 있었다.

엔도가 랭킹 1위에 오를 것이고 통합 타이틀전이 확정되지 않으면 최강철이 그를 상대로 의무 방어전을 치러야 한다는 걸 말이다.

그 사실은 MBC 측에서도 미리 알지 못했기에 국민들에게 정보를 줄 수 없었다.

최강철은 이창래를 만나면서 일부러 그런 이야기를 흘리지 않았다.

마찬가지 이유 때문이었다.

자신은 언제나 모든 가능성을 열어놓고 생각하지만 확정되지 않은 일은 굳이 먼저 입을 열지 않는다.

그게 세상을 현명하게 살아가는 방법이다.

자신이 먼저 입을 열었을 경우 엔도가 경기에서 졌다면 입을 연 자신은 물론이고 이창래와 MBC 모두가 병신이 되었을 것이다.

그러나 엔도가 경기에서 이긴 지금은 이야기가 달랐다.

"최강철 선수, 일본의 후지산 호랑이 엔도가 최강철 선수와 싸우고 싶다는 도발을 해왔습니다. 여기에 대해서 어떻게 생각하십니까?"

"챔피언은 상대를 가리지 않습니다. 그러나 절차와 협의라는 것이 있으니 그에 따라 처리되어야 한다고 생각합니다."

"그럼 절차와 협의가 원만하게 진행된다면 싸울 수 있다는 뜻인가요?"

"언론에도 나왔다시피 저의 프로모터인 돈 킹 씨는 현재 WBA 챔피언 허니건과의 통합 타이틀전을 추진하고 있습니다. 그 게임이 성사된다면 어렵겠지만 성사되지 않았을 경우 충분히 가능한 일이라고 생각합니다. 그는 이번 경기를 승리로 이끌면서 훨씬 좋은 조건을 얻었으니까요."

"허리케인께서는 어제 벌어진 엔도의 경기를 보셨나요?"

"봤습니다."

"엔도는 어제 상당히 충격적인 승리를 끌어냈습니다. 엔도의 시합에 대해서 한 말씀 해주십시오."

"인상적인 경기였습니다. 그의 레프트 잽에 이은 연타 공격은 빠르고 강하더군요. 매우 수준 높은 경기였다고 생각합니다."

"어제 승리로 엔도는 19전 19KO승을 기록했습니다. 일본 언론에서는 엔도의 펀치력이 최강철 선수보다 강하다면서 만약 싸우면 충분히 이길 수 있다고 대서특필 중입니다. 여기에 대해서도 한 말씀 해주시죠."

"저를 상대했던 선수들은 늘 자신의 펀치력이 더 강하다고 말해왔으나 제 주먹에 당해서 전부 쓰러졌습니다. 그렇기 때문에 거기에 대해서는 더 이상 말을 하고 싶지 않군요."

"최강철 선수의 말씀을 들으니 든든합니다. 마지막으로 향후 일정에 대해서 말씀해 주시면 고맙겠습니다."

"학생이니까 학교 수업을 열심히 들으면서 프로모션의 추진 상황을 지켜볼 예정입니다. 아시겠지만 시합이 끝난 지 한 달밖에 지나지 않았습니다. 당분간 편안하게 쉴 생각입니다."

\*              \*              \*

일본이 발칵 뒤집어졌다.

엔도가 승리하면서 기대가 고조되었던 일본 국민들의 머리에 동경일보의 미우라가 기름을 퍼부었기 때문이다.

미우라는 최강철과의 인터뷰 내용을 보도하지 않은 채 가지고 있다가 엔도가 시합에서 승리한 다음 날에서야 특종으로 터뜨렸다.

**＜언제든지 오라. 후지산의 호랑이. 나는 언제든지 싸울 수 있다!＞**

자극적인 제목.

기사의 내용에는 최강철의 말이 그대로 적혀 있었는데 어간에서 느껴지는 의미가 상당히 거슬렸다.

미우라는 교묘한 어법을 통해 엔도 정도는 자신의 상대로 약하다는 듯이 최강철의 말을 전했는데 그것이 일본 국민들의 감정을 자극했다.

비록 경기에 승리했음에도 일본 국민들은 최강철과의 시합을 반신반의했다.

헌즈와의 대결, 그리고 통합 타이틀전 등 최강철의 앞에는 굵직한 계획들이 줄지어 놓여 있었기 때문에 당장 엔도와의 시합이 추진되기 어려울 것이라 생각했기 때문이다.

하지만 신문에서 엔도가 이번 시합을 승리로 이끌면서 랭킹 1위에 올라 의무 방어전 상대가 될 수 있다는 사실이 보도되자 일본 국민들의 반응은 금방 뜨겁게 달아올랐다.

상황이 받쳐준다면 싸우지 않을 이유가 없다.

이번 시합에서 엔도가 보여준 실력과 펀치력이 최강철에 비해 전혀 부족하지 않다는 게 증명되었기 때문에 일본 국민들의 심장이 뜨거워지기 시작했다.

그들은 자극적인 기사를 보며 흥분을 감추지 못했다.

"냄새나는 조센징. 하늘 높은 줄 모르고 날뛰고 있구만. 엔도가 그놈을 때려눕히는 걸 꼭 보고 싶다!"

"최강철은 운이 좋아 챔피언에 올랐을 뿐이야. 듀란 정도는 엔도가 충분히 이길 수 있었어. 다 늙은 호랑이 잡은 건 별 게 아냐."

"엔도가 미국에서 활동을 시작했으면 최강철보다 훨씬 더 잘나갔을 거야. 스타일이 비슷해도 펀치력은 엔도가 더 좋아."

사람들이 모이는 곳마다 최강철과 엔도의 이야기로 시끌벅 적했다.

하지만 대부분의 내용은 시합이 꼭 성사되었으면 좋겠다는 것과 엔도가 최강철을 충분히 이길 수 있다는 주장들이었다.

아전인수다.

어쩌면 그것은 사람이라면 누구나 가지고 있는 본성이었고 바람인지도 모른다.

그만큼 일본 국민들이 엔도를 사랑하는 감정이 특별했고 최강철을 이기고 싶다는 열망이 강했다.

결정적으로 그런 감정에 기름을 부은 것은 NHK에서 마련 한 특집 방송을 통해 복싱 전문가인 이시카와 스기야마의 경기 예상평이었다.

"최강철이 강한 건 사실입니다. 하지만 저는 엔도의 펀치력 도 만만치 않다고 생각합니다. 테크닉과 펀치력, 그리고 경기 운영 면에서 전혀 뒤떨어지지 않을 정도로 엔도는 강한 선수 입니다. 더군다나 복싱은 예외성이 강한 경기기 때문에 둘이

붙으면 엔도의 승산이 충분하다고 생각합니다."

"여러 경기에서 최강철은 대미지를 입고 비틀거리는 모습을 보였습니다. 비록 다운은 당하지 않았지만 우리가 생각하는 것만큼 맷집이 강하지 않다는 증거입니다. 최강철 선수는 뛰어난 방어력을 가지고 있어 펀치를 잘 허용하지 않지만 엔도의 강력한 펀치가 제대로만 들어간다면 KO시키는 것도 불가능한 것은 아닙니다."

텔레비전에 나온 복싱 전문가들까지 엔도의 승리 가능성을 연이어 점치자 시간이 갈수록 일본 열도가 들끓었다.

웰터급 세계 최강자를 꺾었을 때의 전율.

일본 국민들은 그 전율을 맛보고 싶었다.

경기 침체로 인해 가라앉아 버린 일본의 도전 정신을 다시 일깨우고 엔도의 승리를 기점으로 새롭게 시작하겠다는 열망이 담겨 있었다.

또 하나는 속국으로 여기는 한국의 영웅을 무참하게 무찔러 역사는 변하지 않으며 일본의 혼이 아직도 살아 있음을 보여주고 싶다는 것이 그들의 생각이었다.

*　　　　*　　　　*

'요화'.

강남 테헤란로에 자리 잡고 있는 '요화'는 일식집이었는데 가격이 꽤 비싼 음식점이었다.

그럼에도 윤문호 교수에게 소개받은 신용석을 만나기 위해 최강철은 주저 없이 이곳을 약속 장소로 잡았다.

그가 요화의 문을 열고 들어서자 미리 와 있던 곽종수가 기다리고 있다가 다가오는 게 보였다.

삼성증권에 취직한 곽종수를 이곳에 부른 것은 신용석에 대해서 그가 누구보다 잘 알기 때문이었다.

신용석은 곽종수의 고등학교 15년 선배로 신일증권의 수석 트레이더로 오랫동안 활동하다가 작년 말 회사를 그만두고 쉬는 중이었다.

"강철아, 도대체 난 뭔 소린지 모르겠다. 대충 이야기는 들었는데 이게 뭔 일이야?"

"들어가서 이야기하자."

"마이다스 CKC에서 온 사람은?"

"거기서는 오지 않을 거야. 마이다스 쪽에서는 나에게 알아서 처리해 달라고 했다."

"그런 게 어디 있어. 그놈들 미친 거 아냐? 서울 지부장을 구하는 거라고 하지 않았어?"

곽종수가 이해하지 못하겠다는 듯 두 눈을 부릅떴다.

그냥 일용직 직원을 구하는 것이 아니라 지부장을 채용하는 자린데 회사의 대표가 나와도 시원치 않을 마당에 직원 하나 보내지 않는다는 건 절대 이해할 수 없는 일이었다.

하지만 최강철은 그의 의문을 풀어주지 않았다.

"어디냐?"

"저쪽 방이야."

더 이상 대답을 하지 않고 최강철이 고개를 돌리자 곽종수가 먼저 발길을 돌려 가장 안쪽의 룸으로 그를 이끌었다.

최강철이 들어서자 혼자 우두커니 앉아 있던 사내가 자리에서 일어나는 게 보였다.

"선배님, 안녕하십니까. 저는 최강철입니다."

"허리케인을 누가 모르겠어요. 반갑습니다."

"말씀 편하게 하십시오. 까마득한 선배님께서 말을 올리시면 제가 불편합니다."

"그렇게 합시다. 하지만 처음 보는 자리니까 오늘만큼은 예의를 지키겠습니다."

"앉으시죠."

일행이 모두 앉자 음식이 들어오기 시작했다.

미리 예약을 했기 때문에 줄지어 음식이 들어왔는데 비싼만큼 평소에 보기 힘든 것들이었다.

술을 나눠 마시며 최강철에 관한 이야기를 주제로 말을 나눴다.

최근에 화제가 되었던 엔도와의 시합은 물론이고 그동안 벌어졌던 시합들과 앞으로의 계획에 관한 것들이었다.

하지만 술이 얼근해지면서 화제는 최강철로 인해 다른 쪽으로 변해갔다.

"선배님, 회사를 그만두셨다고 하던데 혹시 그 이유를 알 수 있겠습니까?"

"그보다 먼저 물어볼 게 있어요. 윤 교수님께서는 나한테 이 자리가 마이다스 CKC란 회사의 채용 자리라고 말씀하셨는데 최강철 씨만 나왔네요. 그것부터 먼저 설명해 주면 좋겠군요."

"그 이야기는 선배님에 대한 채용 여부에 따라 이유를 말씀 드리겠습니다. 그러니 선배님에 관한 이야기부터 해주시기 바랍니다."

"음… 좋소. 내가 회사를 그만둔 것은 오랫동안 계속되는 회사의 부정 비리를 두고 볼 수 없었기 때문이오."

"무슨 말씀인지 자세히 말씀해 주십시오."

"신일증권은 고객들의 돈을 함부로 빼내어 자신들의 이익을 취하는 짓을 하고 있어요. 회사가 그런 짓을 하니 직원들도 그렇게 되더군요. 고객의 이익보다 자신들의 이익을 먼저 생각합니다. 그러다 보니 원칙을 지키던 나는 자연스럽게 소외되고 차별되더군요. 그 회사는 정직과 신뢰를 잃어버린 회사였어요. 그래서 그만두었던 겁니다."

"그게 가능한 일인가요?"

"회사가 서류를 조작하는 건 쉬운 일이죠. 더군다나 고객들은 일일이 전산 자료를 확인하지 못하니 충분히 가능한 일입니다."

"그렇다면… 만약 선배님이 회사를 맡으면 어떻게 운영하고 싶으십니까?"

"우리나라도 이제는 부정 비리에서 벗어나야 합니다. 특히 투자 회사는 회사의 이익보다 고객의 이익이 우선되어야 한다고 생각합니다. 물론 나의 이런 관점이 회사 쪽에서는 껄끄럽게 들릴 수 있겠지만 정직과 신뢰만이 회사를 성장시키고 지속적으로 발전시킬 수 있다는 게 내 생각입니다."

신용석은 자신의 생각을 여과 없이 말했다.

어쩌면 바보 같은 짓이었는지 모른다.

회사의 이익보다 고객의 이익을 우선시하는 사람을 채용할 회사가 어디 있단 말인가.

하지만 그는 최강철이 질문할 때마다 대한민국 경제의 구조적 문제점에 대해서 신랄하게 비판하면서 한국 경제가 나아갈 길에 대해 자신의 생각을 감추지 않았다.

최강철의 입이 열린 것은 그의 이야기가 1시간 가까이 진행된 후였다.

"좋은 신념을 가지고 계시군요. 그럼 이제 선배님의 질문에 대해서 대답해 드리겠습니다. 제가 오늘 이 자리에 나온 것은 마이다스 CKC의 오너가 저와 둘도 없는 친분을 가지고 있기 때문입니다. 그렇기 때문에 그는 저에게 모든 전권을 일임한 것입니다."

"음… 그렇군요."

최강철은 자신의 비밀을 알려주지 않았다.

처음부터 사람을 믿는다는 건 바보나 하는 짓이다. 사람의 관계와 인연은 오랜 시간을 같이 보낸 후에야 완벽하게 믿을 수 있는 것이지 다른 사람의 평가와 단순한 말 몇 마디로 이뤄지는 것은 아니기 때문이다.

"저는 선배님을 마이다스 CKC의 한국 지부장으로 영입할 생각을 가지고 있습니다. 죄송스러운 말씀이지만 선배님을 만나기 전에 선배님에 관한 모든 정보를 입수해서 검토했습니다. 그 결과 최적의 인물이라는 판단을 내리고 이렇게 선배님을 뵙게 된 것입니다. 윤 교수님은 선배님에 대한 자랑이 대단하셨습니다. 그리고 직접 보니 윤 교수님께서 왜 그리 칭찬하셨는지 알겠군요."

"최강철 씨가 엄청난 대전료를 받는다고 들었습니다. 마이다스 CKC에 최강철 선수의 돈도 포함되어 있습니까?"

"그렇습니다. 그렇기에 제가 나온 것이기도 하죠."

"만약 내가 마이다스 CKC 한국 지부장이 된다면 정확하게 얼마나 운영할 수 있는 겁니까? 교수님께서는 2,000만 달러 정도를 말씀하시던데요?"

"대충 그 정도부터 시작할 것 같습니다. 그러나 자금은 계속해서 증가될 겁니다."

"대단하군요. 마이다스 CKC는 어떤 회삽니까?"

최강철은 신용석에게 마이다스 CKC에 관한 이야기를 개략적으로 들려줬다.

하지만 그것 역시 자신에 관한 이야기는 전부 뺀 상태였다.

신용석과 곽종수는 이야기를 들으며 정신을 차리지 못했다.

마이다스 CKC의 자금력은 물론이고 투자된 것들의 규모가 무서우리만치 대단했기 때문이다.

"사장님께서 먼저 여의도에 사무실을 여시고 직원들을 충원하신 다음 지부 설립에 대한 업무를 추진해 주십시오. 그에 따른 비용은 마이다스 CKC 법인명의 통장에서 지급될 테니 염려하지 않으셔도 될 겁니다."

"직원들의 인사권을 전부 나한테 준다는 뜻입니까?"

"그렇습니다. 그건 당연한 일이죠. 지금부터 한국 지부는 선배님께서 전권을 가지고 모두 운영하시게 될 겁니다. 물론 커다란 투자 결정은 본사와 제가 참여하겠지만 소소한 것들은 선배님의 결정에 관여하지 않을 거라더군요."

"도대체 나에게 이렇게 좋은 조건을 주는 이유는 뭡니까?"

"선배님을 믿기 때문이죠. 우리나라 사회는 아직 선배님처럼 멋진 신념을 가진 분들이 드물어요. 그렇기 때문에 믿고 맡길 수 있는 겁니다. 마이다스 CKC의 오너는 제가 보낸 선배님의 자료를 보고 흔쾌히 받아들이겠다는 전화를 해왔습니다. 선배님이 지부 설립 절차를 모두 끝내면 마이다스 CKC의 대표가 선배님을 찾아오겠다고 하더군요. 그때 선배님의 연봉을 비롯해서 자세한 것을 상의하시면 될 겁니다."

"알겠습니다."

"종수야!"

"응?"

최강철이 갑자기 부르자 그동안 묵묵히 듣고 있던 곽종수가 놀란 눈으로 바라봤다.

그는 최강철의 부탁으로 여기까지 왔으나 대화에 참여할 기회가 없었기 때문에 지금까지 입을 열지 않고 듣기만 했다.

"네가 선배님을 도와주라."

"그게 무슨 소리야?"

"마이다스 CKC로 자리를 옮기라고. 거기 있는 것보다 훨씬 재밌을 거야. 원래 신생 회사가 능력을 발휘하는 데 훨씬 여건이 좋잖아."

"야, 난 입사한 지 1년도 안 됐어!"

"시간이 중요한 게 아냐. 어떤 일을 하고 어떻게 사는 것이 중요한 거지. 마이다스 CKC는 국내 최고의 대우를 한다고 약속했어. 능력 있는 사람들에게 투자를 아끼지 않는 회사, 그게 바로 마이다스 CKC다."

*　　　*　　　*

때가 왔다.

작년 말부터 분당 신도시 보상이 시작되면서 여러 번 전화가 왔으나 최강철은 응하지 않고 추이를 지켜봤다.

그가 알아본 바에 의하면 토지 보상과 관련해서 땅을 가진 사람들이 정부 청사로 달려가 격렬하게 시위를 하고 있었기 때문에 쉽게 결정할 일이 아니었다.

거기에 참여하지 않았다.

자신과 같은 사람이 시위에 참여한다는 건 손가락질 받기에 충분할 정도로 어리석은 짓이었다.

시위는 오래 갔다.

사업의 추진은 딜레마에 빠졌고 시간이 지나면서 보상가는 당초 예상가보다 계속 뛰었다.

그런 과정을 거쳐 결국 10배 가까운 보상가가 책정되었는데 전부 합산해 보니 무려 450억에 달했다.

같이 투자한 이성일의 몫도 30억에 달해 놈은 기절 직전까지 갔다가 돌아왔다.

토지개발공사의 담당 직원은 최강철이 최대 보상가의 주인이란 걸 알고 숨도 제대로 쉬지 못했다.

"이건 개인의 일입니다. 저는 토지개발공사가 공공기업으로 알고 있습니다. 그러니 개인의 정보가 유출되지 않도록 조심해 주시기 바랍니다. 만약 제 정보가 유출된다면 관계되시는 분들이 유출한 것으로 알고 응분의 조치를 취하겠습니다."

이렇게까지 하고 싶지 않았지만 최강철은 담당자를 향해 강렬한 눈빛을 보냈다.

귀찮은 일에 얽매이기 싫었다.

사업 계획이 구상되기 한참 전에 토지를 사놨기에 문제가 없겠지만 만약 이 사실이 노출되면 사람들은 의심의 눈초리를 보낼 것이다.

최강철은 듀란과 라파엘전에서 받은 파이터 머니 1,700달러와 보상비로 받은 300억을 추가시켜 한국 마이다스 CKC의 자금을 확보시켰다.

신용석이 놀란 눈을 숨기지 못했다.

마이다스 CKC의 정체가 거대한 사모 펀드라는 것을 알았지만 당초 얘기되었던 금액보다 3배나 많은 자금이었기에 충격을 받은 게 분명했다.

"선배님, 마이다스 CKC의 한국 투자가 생각보다 많네요. 한국 시장에 대해서 꽤 긍정적인 생각을 가지고 있는 모양입니다."

"정말 놀랐네. 이 정도로 큰돈이 들어올 줄은 몰랐어. 여기서 자네 돈은 얼만가?"

"100억 정도 됩니다."

"휴우, 많구만."

"한국 지부의 투자는 저와 마이다스 CKC의 자금만으로 운영될 겁니다."

"그게 무슨 소린가?"

당연히 이해가 가지 않을 것이다.

아무리 사모 펀드라 해도 자금력이 뛰어난 투자자를 10명 정도 확보하는 것이 정상인데 더 이상 투자자를 확보하지 않는다는 말을 듣자 입이 떡 벌어졌다.

그럼에도 전혀 문제될 건 없다. 사모 펀드가 자금력 있는 투자자들을 확보하는 건 충분한 총알을 만들어서 자신들이 원하는 이익을 추구하기 위함일 뿐 다른 이유가 없기 때문이다.

더군다나 무려 350억이란 총알이 있으니 더 이상 투자자를 모을 필요도 없다.

그렇기에 질문을 했던 신용석이 한숨을 길게 흘린 후 더 이상 입을 열지 않았다.

"사무실이 꽤 좋군요."

"자네가 말한 대로 최고로 꾸몄네. 직원 숫자는 12명을 확보했어."

"그렇다면 지금부터 움직이시죠. 마이다스 미국 본사는 3가지 분야로 회사를 운영합니다. 첫째는 주식, 둘째는 유망 기업에 대한 투자, 셋째가 부동산입니다."

"당연한 전략일세."

"하지만 우리는 주식 50%, 부동산 50%로 운영하면 좋겠습니다. 미국 본사 쪽에서는 한국의 기업 환경에 대해서 아직 확신을 가지고 있지 않은 모양입니다."

"그쪽에서 봤을 때는 그렇겠지. 우리나라 기업은 미국하고 비교하면 엉망일 테니까. 하지만 지금 주식 시장도 좋지 않아. 알다시피 호황을 계속해 왔던 주식 시장이 작년부터 고꾸라져서 박살이 나고 있어. 일본도 마찬가질세. 아무래도 우리는 그쪽 영향을 받을 수밖에 없으니까. 그래서 말인데 주식보다는 부동산 쪽에 비중을 더 두는 것이 어떻겠나?"

"괜찮습니다. 대신 주식은 한 종목으로만 가시는 게 좋겠습니다."

"어떤 종목 말인가?"

"삼성전자."

"음, 삼성전자라. 이유가 있나?"

"제가 봤을 때 삼성전자는 향후 계속 성장할 거라고 예상됩니다. 그러니 주식은 삼성전자만 계속 매수하는 게 좋겠어요."

"그건 안 될 말일세. 삼성전자가 우량한 회사는 맞지만 주식의 생명은 위험성을 최소화하는 것이야. 그러니 삼성전자에 올인하는 건 위험한 발상일세. 기업이 망하고 흥하는 건 한순간에 벌어진단 말이야!"

강한 눈빛으로 신용석이 자신의 주장을 밝혔다.

어쩌면 당연한 일이다. 미래를 알지 못하는 그의 입장에서는 말도 안 되는 일이었을 것이다.

그랬기에 최강철은 가만히 고개를 끄덕였다.

"삼성전자를 주력으로 하되 주식 투자분의 50%는 다른 우량주에 투자하도록 하세. 이렇게 주식이 미친 듯이 떨어지는 장세에서는 많은 이익을 올릴 수 있어. 나를 믿게. 충분히 성공할 수 있어."

"알겠습니다. 그렇다면 그렇게 하시죠."

"고맙네. 그리고 대원칙은 자네 말대로 하겠지만 모든 것은 타이밍이 있고 그 타이밍이 맞아야 더 커다란 이익을 남길 수 있다고 생각하네. 아까 말한 것처럼 지금 주식 시장은 엉망이야. 그리고 계속 떨어지는 중이지. 떨어지는 칼은 손으로 막는 게 아닐세. 더군다나 이런 거액을 투자하기 위해서는 때가 필요한 법이야. 그러니 매수에 관한 부분은 나한테 맡겨주게."

그의 말에 최강철은 빙그레 웃었다.

역시 소신이 있다. 하지만 그의 소신이 전부 맞는 것은 아니다.

최강철이 자신의 자금을 전부 그에게 맡기지 않은 것도 그런 이유가 있기 때문이다.

물론 다른 이유가 훨씬 더 컸지만.

지금 신용석은 자신을 정체를 모르고 그저 거대 투자자로 대할 뿐이었다.

하지만 어느 순간이 되어 그에 대한 믿음이 자신의 가슴속으로 들어왔을 때 모든 것을 밝히고 본격적으로 나설 것이다.

그때까지 기다린다.

"그것 역시 선배님이 알아서 하십시오."

"절대 위험한 투자는 하지 않을 걸세. 정도를 걸으며 회사가 발전할 수 있도록 최선을 다하겠다고 약속하지."

"감사합니다."

"이해해 주니 고맙네."

"부동산은 강남 쪽에 집중 투자 해주십시오. 가급적 대형 빌딩 위주로 매수하시기 바랍니다. 만약 자금에 문제가 있다면 언제든지 말씀하세요. 미국 본사와 제가 추가적으로 지원

할 테니 말입니다."

"알겠네. 그건 별도로 부동산 전문가들을 충원한 후 적극 추진해 나가겠네."

"다음 주에 마이다스 CKC의 사장님이 방문하시겠다는 연락이 왔습니다. 그분이 만나고 싶어 하니까 같이 식사나 하시죠."

"그 사람은 어떤 사람인가?"

＊　　　　＊　　　　＊

최강철은 남아 있는 자금 150억을 5대 증권사에 자신의 명의로 분산 예치한 후 본격적으로 삼성전자의 주식을 끌어당기기 시작했다.

서두르지 않았다.

커다란 덩치의 자금이 한꺼번에 들어가면 삼성 측에서 긴장을 하게 되고 주가가 오를 수도 있기 때문에 최강철은 기간을 두고 지속적으로 야금야금 삼성전자의 주식을 매입했다.

어차피 지금 이 시기의 삼성전자 주가는 횡보를 거듭할 것이기에 서두를 이유가 없었다.

서지영을 오라고 한 것은 마이다스 CKC의 한국 지부에 관한 것도 있었지만 가장 큰 이유는 둘째 형의 결혼 때문이었다.

둘째 형은 커피숍을 운영하면서 용케도 바리스타 아가씨를 사귀어 결혼 날짜까지 잡았다.

최강철도 이미 알고 있던 사람이었다.

집안은 가난했지만 성격이 당차고 생활력이 강해서 눈여겨보던 사람이었기에 둘째 형한테 접근해 보라며 권유했는데 굼벵이도 구르는 재주가 있었던 모양이다.

둘째 형은 성격이 물렀고 노는 것을 좋아했지만 최강철의 협박에 의해 성실한 생활을 한 것이 그녀의 허락을 받아낸 결정적인 계기가 되었다.

더없이 기뻤다.

사람은 하나만 보면 다른 것도 미루어 짐작할 수 있다.

전생의 형수는 찾아갈 때마다 집안이 개판이었고 돈에 대한 욕심만 있었을 뿐 아껴 쓰거나 저축은 생각조차 하지 않았지만 그녀가 일하는 커피숍은 파리가 낙상할 정도로 반들거릴 만큼 깨끗했다.

기쁜 마음으로 둘째 형의 신혼집을 구해주었다.

나름대로 형은 월급을 쪼개어 적금을 들었고 그녀 역시 나름대로 저축한 돈이 있었으나 최강철은 커피숍과 가까운 곳에 아파트를 사주었다.

하지만 노름을 좋아하는 형이 절대 건드릴 수 없도록 저당권을 설정해 두었다.

비록 명의는 형의 이름으로 해주었지만 불행한 일이 벌어지지 않도록 철저한 대비를 해두었다.

"형, 이 집은 형 집이야. 하지만 절대 내 동의 없이는 집을 팔 수 없어. 그리고 융자도 받지 못해. 내가 그렇게 만들어두었거든. 이것 또한 압구정에 있는 건물과 마찬가지로 형이 모든 약속을 지켰을 때 넘겨줄 거야."

둘째 형은 이의를 달지 않았다.

속으로는 어떤 생각을 가졌을지 모르나 형은 자신의 행동에 대해 충분히 이해하는 눈치였다.

*     *     *

신용석은 마이다스 CKC의 미국 본사 사장이 서지영이란 것을 확인한 후 믿겨지지 않은 듯 말까지 더듬었다.

하지만 서지영의 당찬 모습을 보면서 점점 긴장감을 숨기지 못했다.

서지영은 벌써 4년 가까이 회사를 운영하면서 그녀 스스로조차 모르는 관록을 뿜어내고 있었다.

그녀가 신용석을 대하는 태도는 최강철과 근본적으로 달랐다.

단단하고 날카로운 칼처럼 그녀의 행동과 이야기는 단호했는데 신용석의 연봉을 책정하는 것부터 직원들의 복지, 그리고 앞으로의 투자 패턴에 대해서 꼼꼼히 짚어가며 지시를 내렸다.

일종의 군기 잡기다. 그리고 그건 제대로 먹혀 신용석은 자리에서 일어서는 그녀에게 90도로 깍듯하게 인사를 했다.

그녀가 보인 오너로서의 기품은 함부로 대할 수 없을 만큼 대단했으니 어쩌면 당연한 결과였다.

"우와, 지영 씨. 이제 보니까 포스가 장난 아니네. 신 선배가 꼼짝도 못 하는구만."

"그게 다 강철 씨한테 배운 거야. 나보고 그렇게 하라며?"

"그래도 그렇게 사람을 꼼짝 못 하게 만드냐. 오죽하면 옆에서 내가 한마디도 못 했겠어."

"호호, 그 사람 긴장하긴 하더라."

서지영이 유쾌하게 웃었다.

미리 최강철에게 태도에 관한 코치를 받았지만 생각보다 훨씬 더 잘했다는 칭찬을 받자 기분이 좋아졌기 때문이다.

그런 모습을 보면서 최강철은 같이 웃었다.

이 여자로 인해 자신은 마음 편하게 복싱을 할 수 있었다.

비록 나이와 경험이 적었으나 서지영은 자신이 없는 동안 마이다스 CKC를 훌륭하게 이끌어주었다.

그러나 가장 중요한 것은 믿음이었다.

서지영은 물론이고 마이다스 CKC의 부사장으로 있는 클로이나 수잔, 황인혜까지 전부 믿고 맡길 수 있는 사람들이었으니 회사의 운영에 관한 것은 신경 쓸 필요조차 없었다.

"강철 씨, 자고 갈 거야?"

"응, 그럴 생각이야. 지영 씨 혼자 두고 갈 수는 없잖아. 내일 둘째 형 결혼식인데 내가 모시고 가야지."

"성일 씨가 놀리지 않을까?"

"그놈 취미가 놀리는 건데, 뭐. 아마 내가 집으로 가면 또 다른 트집을 잡을 거야. 예쁜 아가씨 내팽개치고 집에 왔다면서 밤새 괴롭힐지 몰라."

"난 두 사람만 보면 유쾌해져. 강철 씨한테 그렇게 친한 친구가 있다는 게 놀라울 정도야. 어울리지 않는 것 같으면서 더없이 잘 어울린단 말이지. 고등학교 때부터 친해졌다며?"

"아니, 훨씬 이전부터. 어쩌면 태어나기 전부터. 그놈은 내 생명과도 같은 놈이야."

최강철이 빙그레 웃으며 말을 하자 서지영의 얼굴이 슬쩍 굳어졌다.

이런 이야기는 처음 듣는다.

이성일로부터 고등학교 동창이란 말을 들었기 때문에 단순히 친한 친구 사이라고 여겼는데 최강철은 전혀 다른 말을 하고 있었다.

웃고 있으나 이성일에 대한 말을 하면서 나타낸 표정은 우정을 넘어선 신념 같은 것이었다.

그랬기에 더 이상 묻지 않았다.

이 남자가 그렇다면 그런 것이다. 조금의 의심조차 할 필요조차 없이.

서지영이 슬그머니 입을 닫자 최강철이 여전히 웃음을 머금고 그녀를 향해 부드럽게 입을 열었다.

"부모님이 지영 씨를 무척 보고 싶어 하셔. 내일 가면 그때처럼 한동안 붙잡혀 있어야 할 텐데 괜찮겠어?"

"난 괜찮아. 처음에는 무척 긴장했었는데 어머님이 너무 잘해주셔서 그때도 좋았어. 걱정하지 마세요. 잘할 테니까."

"착하네. 우리 지영 씨."


\*         \*         \*


둘째 형의 결혼을 보면서 부모님은 많이 우셨다.

어쩌면 둘째 형은 가장 아픈 손가락이었는지 모른다.

부모님의 가슴속에는 동생들을 위한 희생과 장남이라는 이름을 가진 큰형의 존재가 가장 클 수밖에 없겠지만 둘째 형은 그에 못지않은 아픔으로 당신들을 괴롭혀 온 자식이었다.

중학교 시절부터 비뚤어지더니 고등학교 들어서는 싸움을

벌이기 일쑤였고 공부조차 제대로 하지 못했으면서 대학을 못 간 게 가난한 집안 탓이라며 무작정 성질을 부려 속을 새까맣게 태웠다.

장기 하사관으로 군대에 들어가서도 속 썩이는 걸 멈추지 않았다.

군인 신분으로 노름을 해서 뒷돈을 대주느라 아버지의 고민과 고통은 말할 수 없을 정도였다.

아들이 영창을 간다는데 모른 체할 수 있는 부모가 어디 있겠는가.

거기다 신분조차 모르는 여자와 동거를 하면서 결혼하겠다고 설치는 바람에 어머니는 기절 직전까지 가셨다.

어머니가 본 그녀는 술집 작부처럼 천박했고 더없이 게을러 절대 며느리로 받아들일 수 없었음에도 둘째 형은 고집을 꺾지 않아 어머니의 속을 바짝바짝 마르게 만들었다.

그런 아들이 버젓이 남부럽지 않게 장가를 가고 있으니 얼마나 행복했을까.

새로 맞아들이는 며느리는 예전에 봤던 여자보다 천배는 예뻤고 당차서 흡족함이 흘러넘칠 지경이었다.

결혼식이 끝나자 아버지가 다가와 손을 내밀며 최강철의 손을 잡았다.

아버지는 결혼식이 진행되고 폐백이 끝날 때까지 여러 번

눈이 벌겋게 달아오르셨는데 둘째 형에 대한 억눌러 왔던 감
정이 북받쳐 오르셨던 게 분명했다.

"강철아, 고맙다. 너로 인해 강덕이가 이렇게 살 수 있게 되
었으니 애비가 너무 기쁘구나. 나는 이제 걱정이 없어. 이제
강숙이하고 너만 결혼하면 택시 운전도 그만둘 생각이다. 전
부 결혼하면 시골에 내려가서 편히 쉬고 싶구나."

"예, 아버지."

"저 처자와 결혼할 생각이여?"

아버지가 조금 떨어져 있는 곳에서 어머니와 이야기를 나
누는 서지영을 가리켰다.

여전히 서지영의 외모는 예식장을 빛나게 만들 정도로 아
름다웠다.

"아직 막내 누나도 결혼하지 않았잖아요. 그리고 저는 학생
이고 나이가 있으니까 천천히 할 생각이에요."

"강철아, 좋은 사람은 빨리 잡아야 하는 겨. 사람의 인연이
란 건 무서워서 시간이란 괴물한테 잡혀 먹기도 하더라. 그러
니 정말 좋으면 그냥 혀. 강숙이는 아직 사귀는 사람이 없는
데 언제 하겠냐."

"지금은 할 일이 많아서요. 결정이 되면 나중에 말씀드릴게
요."

"그려. 알아서 잘허겠지. 강철아, 난 언제나 네가 자랑스럽

다. 우리 아들 덕분에 내가 요즘 너무 행복해서 꿈속에서 사는 것 같어."

"갑자기 왜 그런 말씀을 하세요."

"그냥, 너무 좋아서 그런다."


돈 킹에게서 연락이 온 것은 서지영이 떠나고 3일이 지났을 때였다.

그의 이야기는 무척 복잡했는데 결론은 의외로 간단했다.

WBA 챔피언 측과 통합 타이틀에 관한 협의를 지속해 왔는데 실무적인 협상 과정에서 결정적인 장애 요인이 생겼다는 것이었다.

바로 최근 방어전을 치른 허니건의 부상이었다.

허니건은 KO승으로 타이틀을 방어했으나 그 과정에서 꽤 커다란 손목 부상을 당해 한동안 치료를 해야 한다는 것이 이유였다.

사실 여부는 확인하기 어려웠다.

허니건 측에서 자신과의 대결을 피하기 위해 핑계를 댄 것일 수도 있고 진짜 부상을 당한 것일 수도 있다.

그의 경기를 텔레비전을 통해 녹화로 보면서 부상을 당했다는 징후는 발견할 수 없었지만 복서의 부상은 쉽게 밖으로 노출되지 않으니 확신하기 어려웠다.

돈 킹은 그의 말대로 최선을 다했을 것이다.

돈이 달려 있는 빅 이벤트를 추진하면서 절대 허투루 일을 하는 사람이 아니었으니 원인은 그에게 있는 게 아니라 반대쪽에 있을 가능성이 컸다.

원하는 것은 쉽게 이루어지지 않는다.

간절히 원하는 것은 언제나 많은 고민과 난관 속에서 힘들게 성사되는 것이니 돈 킹을 원망하거나 실망하지 않았다.

통합 타이틀이 무산되었다는 사실이 언론을 통해 밖으로 흘러나오지 않은 건 돈 킹이 통합 타이틀전을 포기하지 않았다는 걸 알려주는 것이었다.

끈을 놓지 않는다는 건 완벽한 무산이 아니라는 뜻이기에 언론도 함부로 보도하지 못했다.

전혀 의외의 상황이 발생한 것은 엔도와의 대결 어쩌고 하며 뜨겁게 달아올랐던 분위기가 시간이 가면서 차분하게 가라앉은 4월 말이었다.

갑자기 방문하겠다는 통보를 한 후 돈 킹이 전격적으로 최강철을 찾아왔던 것이다.

돈 킹의 내한을 확인한 언론이 촉각을 곤두세웠으나 그는 오랜만에 최강철을 보기 위해 왔다는 말만 남겨놓고 공항을 떠났다.

순진하게 그 말을 믿을 언론이 누가 있겠는가.

그랬기에 기자들은 돈 킹이 어떤 이유로 한국을 찾았는지 알기 위해 백방으로 움직였으나 럼블 측에서는 어떤 말도 새어 나오지 않았다.

"허리케인, 잘 있었나?"

"통합 타이틀전도 물 건너갔다면서 웬일이십니까. 혹시 그게 다시 추진되고 있는 건가요?"

"아닐세, 허니건의 부상은 사실이라네. 그놈은 지금 병원에 있어. 꽤나 부상이 심했던 모양이야."

"그럼 웬일로 오신 거죠? 굳이 보고 이야기하자니까 겁나잖습니까?"

"허허… 이 사람, 언론에도 말했지만 진짜 자네를 보고 싶어서 온 거야. 더불어 상의할 것도 있고."

돈 킹이 웃는 걸 보며 마주 웃어주었다.

두 가지 이유를 말했지만 결국 그가 온 것은 자신과 상의할 일에 있을 것이다.

이곳까지 날아온 이유는 전화로 말하기 곤란할 정도로 중요할 뿐만 아니라 자신을 설득할 필요가 있다는 뜻이 된다.

"이번에는 먼저 말씀을 듣고 커피를 타드리겠습니다. 아무래도 돈 킹씨가 꺼낼 이야기는 저를 꽤 곤혹스럽게 만들 것 같군요."

"여전히 귀신이구만."

"말해봐요. 뭡니까?"

"일본 측에서 협상이 왔네. 아는지 모르겠지만 2주 전에 WBC가 엔도의 랭킹을 1위로 올려놨어."

모른다. 엔도에 대해서는 신경을 쓸 일도 아니었고 신경 쓸 필요도 없었기에 관심을 두지 않았다.

"그런데요?"

"이번에 자네는 의무 방어전을 해야 할 상황이야. 그래서 그런가 일본 쪽에서 적극적으로 달려들더군."

"그것 때문에 여기까지 온 건 아닐 텐데요?"

"나한테 온 자는 타이칸 프로모션의 대표 아끼야마였어. 그자는 8월에 의무 방어전을 해달라고 나한테 강력하게 제시하더군. 나는 그자의 제안에 대답하지 않았네. 일단 자네의 의사를 들어봐야 할 것 같아서. 나는 한국과 일본의 관계에 대해서 잘 알고 있네. 민감한 사안이니 자네에게 물어봐야 된다고 생각했어."

"돈 킹 씨, 점점 왜 이러십니까. 언제부터 시합을 잡는 데 제 의사를 그렇게 꼬치꼬치 물었다고 그러세요. 자꾸 이렇게 빙빙 돌리실 겁니까?"

"음, 사실 문제가 한 가지 있다네."

"뭐죠?"

"아끼야마는 시합 장소를 일본으로 제시하면서 자신들이

주관할 수 있게 해달라는 주장을 하고 있어. 이익금의 상당액을 우리한테 주겠다는 조건인데 일본에서 경기를 하면 자네의 개런티를 1,200만 달러까지 맞춰주겠다고 하더구만."

파격적인 조건이다. 아무것도 안 하고 이익금의 상당 금액을 받는다면 돈 킹이 충분히 흔들릴 만했다.

그리고 자신도 마찬가지다.

듀란과의 세기 대결에서는 1,000만 달러를 받았지만 라파엘과의 방어전에서는 600만 달러를 받았으니 일본 측에서 제시한 파이트머니는 정말 파격적인 금액이었다.

"그자들이 그렇게 말했을 때는 이유가 있었을 텐데요?"

"이유는 한 가지뿐이야. 그건 바로… 홈 링에서 자네의 타이틀을 반드시 뺏고 싶은 게지. 홈 링이라면 충분히 가능하다고 판단한 것 아니겠나?"

자신이 생각했던 이유가 흘러나오자 최강철의 입에서 싸늘한 미소가 지어졌다.

그까짓 돈이 문제가 아니다.

그들의 생각이 너무나 가소롭기에 지어진 미소였다.

그랬기에 최강철의 입에서 흘러나온 목소리는 더없이 건조했다.

"돈을 그렇게 많이 준다는데 못 할 게 뭐가 있겠습니까. 나는 상관없으니 그 사람들의 제안을 받아들이세요!"

＊　　　　＊　　　　＊

돈 킹이 돌아갔다.

아마 그는 속으로 쾌재를 부르며 비행기를 탈지 모르겠다.

일본의 경제력이 세계 2위에까지 올랐다고 어느 뉴스에서 봤지만 이 정도의 제안을 해올 줄은 정말 몰랐다.

경제가 휘청거린다는 소릴 들었음에도 이 정도로 큰 베팅을 할 수 있다는 것이 부럽기도 했고 어리석게 느껴지기도 했다.

그럼에도 그들에게는 이유가 있겠지.

자신과 엔도의 시합은 양국이 초미의 관심을 갖게 되어 아무리 적게 잡아도 1억 달러 규모의 시장이 형성될 것이다.

더군다나 자신의 명성을 감안한다면 전 세계 복싱 팬들의 눈이 한꺼번에 몰릴 테니 일본으로서는 어쩌면 절호의 기회라고 생각했을지 모르겠다.

돈 킹이 떠난 후에도 최강철은 아무런 내색조차 하지 않고 학교를 다녔다.

아직 시합이 결정되지 않았기 때문에 지금 미국에서 신혼의 단꿈을 꾸고 있는 윤성호한테 연락하지 않았고 김도환에게도 정보를 주지 않았다.

세상이 시끄러워져 자신에게 모든 시선이 집중되는 순간부터 움직이는 것조차 힘들어지게 된다.

나중에… 늦출 수 있을 때까지 늦춘 후 시합이 결정되면 그때 알려줘도 된다.

나는 자유가 좋다.

예전엔 사람들의 관심과 존경을 한 몸에 받는 삶을 꿈꾸기도 했지만 지금은 그것조차 무의미하게 느껴지고 있었다.


학교생활이 점점 좋아졌다.

시합이 잡히기 전까지 최강철은 마음껏 캠퍼스의 낭만을 즐기며 살았다.

동아리에도 자주 갔고 체육대회도 참여해서 학생들과 즐거운 시간을 가졌다.

김철중과 일당들은 마치 그를 신처럼 섬기며 따랐는데 시간이 지날수록 격의가 없어져 스스럼없이 농담을 했다.

여전히 사람들을 만났고 여전히 수업 시간에는 정신을 집중했다.

최강철은 사람들을 만날 때 될 수 있으면 자신의 말보다 상대의 말에 집중했고 그가 살아온 과거에 대해서 주로 물었으며 사상과 미래에 대한 계획들을 들었다.

인간 간의 관계는 무엇으로 형성되는가.

이익, 정, 의리, 혈연, 지연, 학연, 사랑, 미움, 증오.

인간이 지니고 있는 수많은 감정 속에서 사람들은 서로를 사랑하고 미워하며 살아간다.

최강철은 인간관계를 형성하면서 이 모든 것을 포용할 생각을 지니고 있었다.

어떤 사람들은 이익을 추구하는 놈과는 상종조차 하지 말라는 말을 하지만 그것은 잘못된 생각이다.

누가, 과연 누가 인간의 본성을 거스르며 살아갈 수 있단 말인가.

종교에 나오는 성인이라면 가능할지도 모르는 일이나 그런 것들은 보통의 인간들에게 해당되는 것이 아니다.

사람은 얼마나 잘 먹고 잘사는냐에 따라 행복의 기준을 정하는 것이 통상적 범주였으니 최강철은 어떤 사람을 만나도 그에 대한 편견을 갖지 않으려 노력했다.

그래서 그가 가장 중점적으로 본 것이 삶을 살아가는 방식이었다.

정상적인 삶을 살아가고 싶어 하는 사람은 어떤 리더를 만나느냐에 따라 인생의 승패가 결정된다는 게 그의 생각이었다.

누군가에게 도움을 받고 싶다는 간절한 생각을 한 적은 있었지만 누군가를 도와야 한다는 생각은 가진 적이 없었다.

가진 것이 없었기 때문이었다는 변명은 부끄러움에 다름없다.

자신이 풍요로운 삶을 살지 않았던 건 사실이었지만 훨씬 열악한 환경에서 살고 있는 사람들이 있다는 것 또한 모르지 않았다.

그럼에도 남을 도와야 한다는 생각을 갖지 못한 건 자신의 불행을 탓하며 인생의 여유를 돌아보지 못했기 때문이다.

최강철이 서울 외곽에 고아원을 만들기 시작한 것은 작년 여름 방어전을 끝내고 한국으로 돌아온 후부터였다.

고아원을 만들어놓고 정부의 지원금을 착복하는 놈들을 수없이 많이 봐왔다.

그런 자들은 아이들을 노예로 생각하며 인생 자체를 망가뜨려 고아로 태어난 저주를 평생 동안 잊지 못하게 만드는 죄를 지었다.

그러고 싶지 않았다.

고아로 태어난 것은 그 아이들의 잘못이 아니다.

오로지 어른들의 잘못이었고 사회는 그들을 위해 최선의 노력을 다해야 한다는 게 그의 생각이었다.

그랬기에 최강철은 서울 외곽에 건물들을 구입해서 최상의 시설을 만들어 고아들을 돌보기 시작했다.

그냥 만든 것이 아니다.

최강철은 고아원들을 체계적으로 운영할 수 있는 별도의 회사 '헤븐'을 만들어 원장이나 보모들이 문제를 일으키지 못하도록 방어 체계를 구축했다.

그동안 고아원에 문제가 발생한 원인 중의 하나가 관리 공무원들의 소홀이었다.

일선 업무에 시달리는 공무원들이 수많은 고아원을 관리한다는 게 현실적으로 힘들기 때문에 고아원들은 미친 자들로 인해 수렁으로 빠져들곤 했다.

그렇게 만들고 싶지 않았다.

최강철이 우선적으로 설립한 고아원은 세 군데였다.

'헤븐'은 비영리단체였고 오로지 최강철의 자금으로 운영되었는데, 처음에는 7명의 직원으로부터 시작했다.

국내에서 가장 좋은 고아원을 만들고 싶었다.

최상의 시설과 케어 시스템을 구축해서 고아들이 꿈을 지닌 채 살아갈 수 있게 되기를 바랐다.

시작은 미미했으나 최강철은 자신이 구상한 이 '휴먼 프로젝트'를 점점 키워갈 생각이었다.

맨 처음 고아들을 봤을 때 느꼈던 그 감동이 아직도 잊히지 않는다.

누군가에게 도움을 받았을 때의 고마움보다 훨씬 커다란 감동이었고 기쁨이었으니 그는 뛰어노는 아이들을 바라보며 자신이 죽는 그날까지 이 일을 멈추지 않겠다는 결심을 굳혔다.

*      *      *

엔도의 통합 타이틀 도전 사실은 일본에서 먼저 터졌다.

시합이 정해졌다는 사실을 돈 킹으로부터 받은 것보다 하루 일찍 기사가 터졌으니 타이칸 프로모션 쪽에서 일부러 흘렸거나 정보가 새어 나간 것이 분명했다.

**〈후지산의 호랑이 엔도, 드디어 허리케인 속으로 뛰어들다〉**

동경일보가 터뜨린 특종에는 시합 일자와 장소가 적혀 있었고 두 선수의 개런티가 얼마인지까지 적어놨을 정도로 세부적이었기에 일본 언론을 충격 속으로 빠져들었다.

사실 확인이 먼저다.

동경일보가 메이저 신문사였지만 워낙 민감한 사안이었기에 일본 언론은 사실 확인을 위해 백방으로 뛰어다녔다.

사실이 확인된다면 이건 핵폭탄에 버금가는 뉴스였으니 당분간 일본의 전 기자들이 이 시합에 매달리게 될 것이다.

그리고 그 사실이 확인되기까지는 채 하루도 걸리지 않았다.

돈 킹과 타이칸 프로모션의 아끼야마가 공식적으로 두 선수의 시합을 발표했기 때문이다.

그 순간부터 일본은 물론이고 한국의 언론까지 전부 난리가 났다.

최강철이 벌인 듀란과의 세기적인 대결에서 일본 국민들은 냉담한 반응을 보이며 관심을 두지 않으려 애를 썼다.

남의 잔치기 때문이다. 그것도 속국이라 생각하고 있는 한국이었기에 그들은 두 선수의 대결을 폄하하기 위해 발버둥을 쳤다.

하지만 이번 시합은 다르다.

일본의 영웅 엔도의 출전이었고 상대가 그토록 외면하고 싶었던 허리케인이었으니, 이 대결은 일본 복싱 역사의 한 획을 그을 정도로 중요한 경기였다.

간절한 바람과 자존심의 회복.

일본 언론은 물론이고 일본 국민들은 시합이 확정되는 순간부터 그러한 열망에 사로잡히며 들끓기 시작했다.

\*　　　\*　　　\*

최강철은 이성일과의 약속 장소로 향하고 있었다.

오늘, 그녀를 만나는 날이다.

이성일은 김연경과 사랑에 빠진 후 지금까지 한 번도 소개를 해주지 않다가 어쩐 일인지 오늘 불쑥 나오라는 말을 했다.

그녀를 위해 꽃다발을 준비했고 아름다운 목걸이를 샀다.

그러고 싶었다. 자신으로 인해 고통받았던 그녀에게 뭐라도 해주고 싶었을 뿐이다.

약속한 레스토랑으로 들어서자 홀 안에서 서빙하던 종업원이 다가오다가 최강철의 얼굴을 보고 기절할 것 같은 표정을 지었다.

재빨리 손가락을 들어 입으로 올렸다.

"조용히 하시고, 이성일이란 사람이 와 있을 겁니다. 그쪽으로 안내해 주세요."

"예… 예."

종업원은 사색이 된 상태로 그를 맨 안쪽 자리로 안내해 주었다.

레스토랑의 홀은 어두워 사람들은 그의 얼굴을 제대로 확인하지 못했기에 아무런 탈 없이 자리로 다가갈 수 있었다.

그가 나타나자 이성일이 자리에서 벌떡 일어났다.

놈의 옆에는 김연경이 다소곳이 앉아 있었는데 최강철을

보자 긴장한 표정이 역력했다.

"이 자식아, 왜 이렇게 늦었어."

"선물 좀 준비하느라고. 연경 씨, 제가 꽃을 사 왔어요. 받아주시겠어요?"

"고마워요."

긴장하고 있던 김연경이 앞으로 내밀어진 장미 다발을 받아 들며 당황함을 숨기지 않았다.

꽃이란 남자가 여자에게 주는 최상의 선물이다.

그리고 그 의미는 존경과 사랑이 담겨 있는 것이었다.

그렇기에 이성일은 황당한 표정을 지은 채 소리를 빽 질렀다.

"야, 누가 보면 네가 프러포즈하는 줄 알겠다. 미친놈아, 친구 여자 친구한테 꽃다발을 선물하는 놈이 어디 있어!"

"내 맘이야."

"아이고, 속 터져. 앉아라, 뻘쭘하게 서 있지 말고."

"응, 그런데 나 선물 하나 더 줄 게 있는데……."

최강철이 자리에 앉으면서 주섬주섬 안주머니에서 예쁘게 포장된 선물 상자를 꺼내 들었다.

그러고는 조심스럽게 김연경의 앞으로 밀어냈다.

"이건 제가 연경 씨를 공식적으로 처음 만나는 자리기 때문에 준비한 거예요. 기쁘게 받아주셨으면 좋겠습니다."

"아… 이런 걸……."

그녀가 선뜻 받아 들지 못했다.

오늘 만남은 이성일이 정식으로 최강철에게 소개시켜 주기 위함일 뿐인데 너무 과분한 짓을 계속 벌이고 있었기 때문에 그녀의 부담이 커질 수밖에 없었다.

"강철아, 너 오늘 왜 그러니. 혹시 미친 거니?"

"성일이가 이런 건 사주지 않았을 거예요. 그래서 제가 먼저 사드리고 싶었어요. 저는 연경 씨한테 잘 보여야 하거든요."

"왜요?"

"앞으로 두 사람이 잘되면 거기 가서 하숙할 생각입니다. 연경 씨 음식 솜씨가 좋다고 성일이가 입에 침이 마르도록 자랑하더군요. 권투 선수는 잘 먹어야 되거든요. 그래서 미리 뇌물을 주는 겁니다."

"환장하겠네!"

말도 안 되는 소리에 이성일의 얼굴이 허옇게 변했다.

그녀를 처음 볼 때도 이상한 짓을 해서 힘들게 만들더니 이놈은 공식적인 첫 만남에서 아주 작정한 듯 염병을 떨고 있었다.

그럼에도 최강철은 뻔뻔한 얼굴로 김연경의 얼굴을 뚫어지게 쳐다봤다.

"열어보세요. 선물은 받았을 때 열어보는 게 예의래요."

"예……."

강압에 의해 그녀의 손이 어쩔 수 없이 선물 상자로 향했다.

그러고는 천천히 포장을 풀고 내용물을 확인한 후 자신도 모르게 탄성을 흘려냈다.

상자에서 나온 것은 십자가가 달려 있는 목걸이였기 때문이다.

"아주 갈수록 태산이네. 너 연경 씨가 독실한 크리스천이란 건 어떻게 알았냐?"

"그냥, 연경 씨 얼굴에서 성스러운 기운이 마구 배어 나오잖아."

"지랄한다……."

"강철 씨, 이거 무척 비싸게 보여요. 저한테 왜 이런 선물을 주세요?"

"비싼 거 아닙니다. 오다가 명동에 들러서 좌판대에 있는 거 사 왔어요. 누가 보면 십자가에 다이아몬드 박혔다고 오해할 정도로 잘 만들었더라고요. 그냥 성의로 사온 거니까 받아주세요. 파는 사람 말로는 그게 그냥 십자가가 아니랍니다. 악마나 유령이 접근할 수 없도록 특별하게 만든 거라네요."

"연경 씨는 착해서 그냥 믿는 사람이야. 넌 어째 갈수록 뻥이 커지냐?"

"설마 그걸 믿겠어. 안 그래요, 연경 씨?

"정말… 거짓말이었어요?"

"당연하죠. 세상에 악마를 막아주는 목걸이가 어디 있어요. 그냥 재미 삼아 한 말이에요. 그래도 충분히 예쁘니까 하고 다니세요. 저놈은 이런 목걸이 같은 거 절대 선물 못 하는 놈이거든요."

"호호… 고마워요. 그러지 않아도 이런 목걸이 하나 가지고 싶었거든요."

"둘이 아주 잘하는 짓이다. 이 자식아, 이왕이면 보석상에 가서 비싼 거 사오지 그랬어. 챔피언이 쩨쩨하게 명동 거리에서 선물을 사!"

"인마, 선물은 마음이 중요한 거야. 연경 씨, 안 그래요?"

"맞아요."

"오늘은 제가 살 테니까 연경 씨 먹고 싶은 거 마음대로 시키세요. 성일이, 넌 돈가스 시켜!"

"난 왜?"

"나 돈 별로 없다. 연경 씨 사줄 돈밖에 없어."

"미친놈."

즐거운 저녁 식사다.

예전에도 이랬으면 얼마나 좋았을까, 하는 마음이 들었을 만큼 유쾌하고 즐거워 시간이 가는 줄도 몰랐다.

하지만 그들의 즐거움은 그리 오래 가지 못했다.

종업원에게 모른 체해달라고 부탁했지만 그 효과는 그리 오래 가지 않았기 때문이다.

슬금슬금 이쪽을 바라보던 사람들이 더 이상 견디지 못하고 다가오기 시작했던 것이다.

사인을 요청하거나 사진을 찍어달라는 부탁을 해올 것이라 예상했으나 사람들은 그런 짓을 하지 않고 한 마디씩 하면서 자리를 벗어났다.

"최강철 선수, 반드시 이겨주십시오."

"식사하는 데 방해하고 싶지 않았지만 꼭 부탁드리고 싶었습니다. 이번 시합, 꼭 KO로 잡아주세요."

"다른 놈은 몰라도 엔도만큼은 이겨야 합니다. 우리는 그렇게 해줄 거라고 믿습니다."


\*          \*          \*


일본 언론과 국민들의 반응도 대단했지만 한국 국민들의 반응은 그보다 더했다.

최강철의 의무 방어전 소식이 전해지자 국민들은 폭발적인 반응을 보이며 온 나라가 시끄러워졌다.

그 소란의 원인은 바로 방어전 장소가 일본이라는 것 때문이었다.

"안 된다. 말도 안 되는 소리 하고 자빠졌어. 왜 일본이야, 그건 절대 안 돼!"

"왜 우리의 영웅이 일본에서 방어전을 치러야 한단 말이냐. 이 협상은 다시 해야 돼."

"절대 용납할 수 없다. 무슨 이유 때문에 일본에서 방어전을 치르는지 밝혀라."

국민들의 불만이 폭주하자 언론이 나섰다.

언론의 목숨 줄은 국민들에게 달려 있으니 국민들의 의문과 불만을 해결해 줘야 할 의무가 있었다.

시합 장소가 일본 동경으로 결정된 이유는 복잡하고도 간단한 것이었다.

바로 돈이다.

우리나라에는 없지만 일본에는 있는 것.

바로 거액의 자금을 배팅할 수 있는 거대 프로모션의 존재였다.

한국에 난립되어 있는 프로모션의 수준은 아시아를 벗어나지 못했고 그 역량도 작아서 최강철의 경기를 유치할 능력이 없었다.

더불어 시장도 적다.

일본은 막대한 경제력이 있기 때문에 시합을 유치해도 충분히 이윤을 창출할 수 있었지만 한국 시장의 규모로는 절대 불가능한 일이었다.

일본에서의 시합 이유가 언론을 통해 알려지자 불만에 차 있던 국민들의 표정이 굳어졌다.

다른 이유 때문이 아니라 결국 돈 때문이라는 건 사람들의 자존심에 상처를 주기에 충분했다.

영웅을 잃을지 모른다는 두려움.

그것도 역사의 한 페이지를 모멸과 수치로 물들였던 일본이 상대였기에 한국 국민들은 더욱더 커다란 불안감을 느껴야 했다.

과거 한국에는 걸출한 미들급의 스타가 있었다.

일본이 자랑하는 복싱 영웅 와지마 고이치를 KO로 때려잡고 미들급 챔피언에 오른 유제두였다.

그 당시 한국 국민들은 압도적인 경기력으로 와지마 고이치를 꺾은 유제두가 롱런을 할 것이라 믿어 의심치 않았다.

하지만 유제두는 복수전에서 힘 한번 써보지 못하고 KO패를 당하고 말았다.

바로 일본에서 말이다.

한국 국민들을 분노케 한 것은 경기 전날부터 설사가 계속되었고 시합 당일에는 일어서기 어려울 정도였다는 유제두 선수의 증언이 있었기 때문이다.

그랬기에 최강철의 일본 원정이 두려운 거다.

혹시라도 과거처럼 일본의 술수에 말려들어 최강철이 무력하게 타이틀을 뺏긴다면 한국 국민들은 전쟁도 불사할 수 있을 만큼 분노하게 될 것이다.


"깡철이 훈련에 돌입했다며?"

"신문에 보니까 그렇게 나오더라."

"여전히 학교는 다니고?"

"쩝… 그놈 고집을 누가 말려. 기어코 학교는 다닌다네. 아우, 씨발 그놈의 고집. 기사에서 보니까 서울대에서는 그놈 때문에 학칙까지 바꿨다고 하더구만. 하여간 똥고집이야."

"시합이 정해지면 열심히 훈련이나 할 것이지. 그 자식 도대체 왜 그러는 거야!"

류광일이 답답하다는 듯 소리를 빽 질렀다.

최강철이 시합을 앞둔 상태에서 계속 학교를 다닌 게 처음이 아니었음에도 그가 이렇게 답답해하는 것은 이번 방어전에 대한 걱정이 그만큼 크기 때문이었다.

그걸 알기에 김영호의 목소리도 그리 밝지 않았다.

"그놈 학교 성적이 탑이라더라. 입학할 때도 수석 했다잖아. 그러니까 공부를 포기하고 싶지 않겠지."

"도대체 그 자식은 슈퍼스타가 뭐 하러 공부를 해. 한번 경기를 치르면 엄청난 개런티를 받는 놈이. 이번에도 1,200만 달러를 받는다며?"

"생각하는 게 다르겠지. 저번에 잠깐 인터뷰한 거 보니 자신은 복서지만 학생이니까 본분을 다해야 된다고 생각한다더라. 학업을 등한시하는 모습을 보이는 게 싫다나 뭐라나."

"등한시는 무슨, 권투 선수가 시합 있으면 빼먹을 수도 있는 거지. 안 그러냐?"

"기자 새끼들이 생지랄을 한다잖아. 어떤 놈은 최강철이 학교 공부 안 하고 훈련만 하는 거 아니냐는 취재까지 나갔대. 내가 알기로는 성적 가지고도 시비 거는 놈들이 많은가 보더라. 권투 선수가 공부 잘하는 게 신기한 일이지만 거기에 무슨 부정이 있는 것처럼 달라붙어서 지랄하는 놈은 또 뭐냐고."

"미친 새끼들이 염병하는 거지. 하여간 한국 놈들은 영웅을 물 먹이려는 놈들이 너무 많아서 탈이야. 그런 새끼들은 전부 한강물에 빠뜨려야 해."

"이제 3개월 조금 넘게 남았는데 벌써부터 가슴이 벌렁거려. 씨발, 다른 건 몰라도 이번만큼은 꼭 이겨줘야 되는데……."

"난 동경에서 경기한다는 게 너무 마음이 걸려. 쪽발이 새끼들이 무슨 지랄을 할지 모르잖아."

"무조건 한국에서 음식을 공수해 가야지. 교민들도 이젠 못 믿겠어. 그렇게 먼 곳이 아니니까 깡철이 먹을 건 준비해서 가야 한다고."

"그걸 누가 준비해?"

"깡철이 엄마 있잖아."

"말은 쉽다. 그걸 혼자서 어떻게 해. 스태프들도 있을 텐데 그렇게 많은 걸 어떻게 준비하냐!"

"그럼 우리가 준비해 줄까?"

"씨발, 그렇게 할 수만 있다면 좋겠다."

*       *       *

민정당의 국회의원 유기춘과 검찰총장 정용범은 고급 요정 '월영'으로 들어갔다.

유기춘은 벌써 3선 의원으로 서울에 지역구를 가진 중진이었고 정용범은 현 정권의 실세 중 실세였다.

달빛이 물든 정문을 지나 안으로 들어가자 한복을 곱게 차려입은 황자연이 살포시 미소를 지은 채 다가오는 게 보였다.

그녀는 이곳 '월영'을 실질적으로 관리하고 있는 마담으로

30대 중반이었지만 아직도 20대처럼 보일 정도로 아름다웠다.

"영감님들, 어서 오세요."

"황 마담, 잘 지냈나? 더욱 예뻐졌군그래."

"호호… 거짓말하지 마세요. 요즘 어린애들만 찾으시면서요. 저는 사랑을 받지 못해서 점점 시들어가고 있답니다."

황자연의 얼굴에서 고혹스러운 표정이 떠올랐다.

달빛에 비춘 그녀의 얼굴은 아름다움과 더불어 뇌쇄적인 미소가 담겨 있어 한 폭의 그림을 보는 것 같았다.

그랬기에 심장이 벌렁거린 유기춘의 입에서 함박웃음이 지어졌다.

"아이고, 이런. 그런 참담한 말이 어디 있어. 자네는 우리 모두의 연인일세."

"말씀만이라도 고마우세요."

"말만 그런 게 아니라네. 난 지금도 자네가 나에게 정을 준다면 모든 것을 포기할 수 있어."

"그런 말 하지 마세요. 남들이 흉봐요."

"껄껄껄… 그래, 요시다 상은 오셨나?"

"먼저 와서 기다리고 계세요. 오신 지 5분 정도 되었어요."

"아이구, 이런 결례를. 정 총장, 얼른 들어갑시다."

황자연의 말이 떨어지자마자 그녀를 향해 너스레를 떨던 유기춘이 부랴부랴 걸음을 옮겼는데 무척 서두르는 모습이었다.

그런 그들을 이끌고 황자연이 부지런히 걸어 나가 멋들어지게 지어진 한옥의 밀실로 데려갔다.

조심스러운 몸짓.

문을 여는 손길 하나에도 기품이 배어 있어 그녀가 요정에서 일한다는 게 믿겨지지 않을 정도다.

황자연이 문을 열어주자 유기춘과 정용범이 상석에 앉아 있는 사내를 향해 머리를 깊숙이 숙였다.

"요시다 상, 다시 뵙게 되어 반갑습니다. 저희들이 늦은 결례, 너그러이 용서해 주십시오."

"나도 방금 왔습니다. 그만하고 자리에 앉으시지요."

"그럼……."

능숙한 일본어로 인사를 나눈 자들이 자리에 앉는 걸 보며 황자연의 얼굴이 살짝 일그러졌다.

그녀 역시 일본어를 할 줄 안다.

정식적으로 배운 건 아니었지만 오랜 세월 고급 요정에서 일하다 보니 자연스럽게 공부를 할 수밖에 없었다.

일국을 이끄는 자들이 일본인에게 저자세로 대하는 것을 보면서 수치심이 솟구쳐 올라왔으나 그녀는 곧 얼굴을 다시 고친 후 그들이 떠드는 것을 지켜봤다.

놈들은 자리에 앉은 후에도 한참 동안 형식적인 인사를 주고받느라 그녀를 쳐다보지도 않았다.

얼마나 시간이 지났을까.

유기춘의 고개가 돌아오며 황자연을 향해 지시를 내렸다.

"황 마담, 우리 봉황으로 준비해 주게. 그리고 애들은 미리 얘기했던 애들로 데려오고."

"알겠습니다. 그럼 이만……."

뒷걸음으로 물러난 황자연이 문을 닫은 후 몸을 돌렸다.

병신 같은 놈들.

국민들을 이끈다는 놈들이 한 상에 10만 원이나 하는 봉황을 처먹어대니 국민들 등골이 휘어질 수밖에.


"요시다 상, 요즘 뜸하셨습니다. 그래, 어르신께서는 잘 계시죠?"

"그럼요, 아주 건강하시답니다."

그들이 말하는 사람은 일본 정치계의 대부인 히데끼를 말하는 것이었다.

히데끼는 일본 관동을 대표하는 귀족 가문의 적장자로서 일본 정치계에 막대한 영향력을 행사하고 있었는데 관동 절반이 그의 재산이라고 알려질 만큼 엄청난 부를 가진 사람이었다.

유기춘과 정용범은 일본 동경대를 졸업한 자들로 히데끼와는 오랫동안 친밀한 관계를 유지하고 있었는데 현재 한일 양국 정치인들로 은밀하게 결성된 '국화와 칼'의 멤버들이었다.

현재 국회의원 중에서 '국화와 칼'의 멤버는 전부 합해 15명이나 달했고 일본과 관련된 정치 현안이 발생되면 언제나 한목소리를 내며 정치 세력화 되는 중이었다.

정치인의 기본은 자금이고 그들의 자금은 일본에서 나오기 때문에 벌써 오래전부터 친일적인 행동을 서슴지 않았다.

수많은 정치인이 기업들에게 뇌물을 받아먹은 게 들통 나 감옥에 들어가도 그들만큼은 절대 그럴 일이 없었다.

그들의 정치 자금은 일본을 통해 들어와 깨끗이 세탁되기 때문에 검찰이나 검찰, 심지어 정권에서도 추적이 불가능했다.

"며칠 후면 칠순이라고 하시던데 그때는 저희들도 넘어가서 축하해 드릴 예정입니다. 어르신께서는 저희들의 정신적인 우상이십니다."

"그거야 당연한 말씀이시죠. 어르신은 저희 일본 의원들에게도 그런 존재십니다."

"그런데 오늘은 어쩐 일이십니까. 갑자기 오시는 바람에 깜짝 놀랐습니다."

"급한 일이 있어 어르신께서 급히 보내셨어요. 정보에 의하면 이번에 한국 정부에서 정신대 관련한 항의를 대대적으로 할 계획이라는군요. 어르신께서는 그걸 걱정하고 계십니다.

왜 한국은 과거에 연연해서 자꾸 지난 일을 들추는지 모르겠습니다."

"그건 늘 필요할 때마다 써먹은 수법이죠. 한국 정부에서 뭔가 일본 쪽에 얻어내고 싶을 때마다 하는 짓이니 별일 아닐 겁니다."

"제가 온 건 그걸 빨리 알아내 달라는 겁니다. 그래야 우리 쪽에서도 준비를 할 테니까요. 더불어, 어르신께서는 우리 멤버들한테 선물을 주고 오라는 지시가 계셨습니다."

"아… 매번 감사할 따름입니다."

선물이란 단어에 유기춘과 정용범의 입이 동시에 벌어졌다.

지금 요시다가 말한 선물은 돈을 주겠다는 뜻이었기 때문이다.

그랬기에 둘은 서로를 힐끗 바라본 후 웃음을 머금었다. 처음에는 힘들지만 자꾸 받다 보면 이제 안 주면 서운할 지경이다.

"대답은 동경에서 듣겠습니다. 저는 내일까지 우리 멤버들을 만난 후 돌아갈 예정이거든요."

"그렇게 조치하겠습니다."

"자, 그럼 오늘은 마음껏 마시고 즐기십시다. 우리 동지들을 오랜만에 만나니 저절로 즐거움이 피어나는군요."

"조금 있으면 아리따운 아가씨들이 들어올 겁니다. 여자는 한국 여자가 최고지요. 요시다 상, 안 그렇습니까?"

"그럼요, 그럼요."

음식이 들어오면서 세 명의 여자가 같이 따라 들어와 자리에 앉았다.

절색들이다.

'월영'이 한국에서 가장 비싼 요정이라더니 나온 여자들의 미모는 눈이 부실 정도로 아름다웠다.

술잔이 오고 가면서 이야기가 진행될수록 요시다의 자세가 점점 풀어져 갔다.

그는 오늘따라 파트너의 미모가 마음에 들었는지 술잔을 거부하지 않은 채 계속해서 술을 들이켜고 있었다.

윤미영은 유쾌하게 떠드는 그들의 말을 들으며 연신 미소를 흘렸다.

그녀도 일본말을 알아듣는다.

비록 지금은 요정에서 일하고 있지만 대학에서 일본어를 전공했기 때문이다.

그녀의 얼굴에서 슬쩍 미소가 지워진 것은 요시다의 입에서 최강철에 관한 이야기가 흘러나오기 시작했을 때부터였다.

"최강철의 방어전이 일본에서 열립니다. 두 분도 이번 시합에 대해서 알겠지요?"

"그럼요, 한국도 지금 난리가 아니에요."

"두 분은 누가 이길 것 같습니까?"

얼굴이 잔뜩 붉어진 요시다가 눈빛을 빛내며 묻자 유기춘과 정용범의 얼굴이 당황함으로 물들었다.

평소의 요시다는 이런 질문을 던지는 놈이 아니다.

워낙 철두철미해서 교묘한 화술로 대화를 진행하는데 이런 질문을 하는 건 그가 술에 취했다는 걸 의미했다.

그렇다고 해서 무작정 대답할 일도 아니었다.

놈의 빛나는 시선이 껄끄러웠기 때문이다. 이제 곧 정치 자금을 받아야 하는 입장에서 상대방의 신경을 건드리는 건 바보나 하는 짓이다.

두 사람이 쉽게 대답하지 않자 술잔을 들어 입안으로 털어낸 요시다의 입이 다시 열렸다.

"커억… 그냥 솔직하게 말해보세요. 누가 이길 것 같습니까. 세계 복싱계의 전문가들은 최강철이 우세하다고 하던데 두 분도 그렇게 생각하십니까?"

"그냥 상식적으로 보면 그렇지 않겠습니까. 최강철의 전적이 워낙 좋잖아요. 더군다나 요즘 그놈은 절정의 기량을 보여주고 있어요. 엔도가 잘하지만 아무래도 최강철이 더 강할 것 같군요."

"아뇨, 이번 경기는 엔도가 이깁니다."

"왜 그렇습니까?"

"무조건 엔도가 이겨야 하기 때문이죠. 어떤 일이 있어도 말입니다. 여러분도 아시겠지만 지금 일본 경제가 침체를 겪고 있어요. 일본이 살아나야 두 분이 삽니다. 그리고 우리 일본 정치인들도 다시 왕성하게 일할 수 있는 거 아니겠습니까. 그래서 엔도의 승리가 반드시 필요해요. 무슨 뜻인지 아시겠어요?"

＊　　　　＊　　　　＊

국세청장은 세무국장을 호출하며 인상을 바짝 긁었다.

벌써 몇 번째 전화인지 모른다.

도대체 어떻게 안 일인지 방귀깨나 뀐다는 국회의원들이 돌아가면서 윤성호의 체육관 설립 과정에서의 세금 포탈과 최강철의 부동산 취득 과정의 불법에 관해서 조사하라는 압력을 해오고 있었다.

전부 그와 연관이 있는 자들이었다.

그가 청장에 오를 때까지 배경이 되어준 의원들로서 그에게는 은인이나 다름없는 사람들이었다.

그럼에도 고민이 되는 건 어쩔 수 없는 일이었다.

최강철은 현재 일본의 영웅이라 불리는 엔도와 시합이 잡혀 있는 상태로 국민들의 관심이 한꺼번에 몰려 있는 중이었다.

그들을 조사한다는 건 아예 시합 준비를 못 하게 만드는 것이나 다름없었다.

이제 시합이 두 달 조금 넘게 남은 상태에서 이런 압력이 들어온 이유를 알 수 없으나 그들이 한꺼번에 움직였다는 건 권력층의 의지가 담겨 있다는 판단이 들었다.

"청장님, 부르셨습니까?"

세무국장이 서류철을 옆에 끼고 득달같이 달려와 앞에 서자 국세청장 전기웅이 손가락으로 소파를 가리켰다.

서서 할 이야기가 아니란 뜻이다.

그랬기에 세무국장 임철훈이 조심스럽게 자리에 앉았다.

"급하게 해야 할 일이 생겼어."

"말씀하십시오."

"최강철이 불법으로 분당 땅을 취득해서 막대한 이익을 올렸다는 제보가 들어왔다. 그리고 그 스태프들도 마찬가지고."

"복싱 선수 최강철 말입니까?"

"그래, 윗선에서 전화가 여러 통 왔어. 그러니 상황이 좋지 않지만 조사를 시작해야 될 것 같아. 자네 쪽에서 움직여 주게."

"청장님, 최강철은 시합을 코앞에 둔 놈입니다!"

조심스럽게 말을 하던 임철훈의 음성이 커졌다.

그 역시 복싱광으로 열렬한 최강철의 팬이었다. 그리고 그는 이번 경기만큼은 무조건 이겨야 된다고 생각하는 사람이었다.

일본 놈한테 진다는 건 상상도 해보지 않았고, 만약 그렇게 되면 한강에 가서 빠져 죽어야 한다고 말할 정도로 이번 경기를 기다리고 있었다.

청천벽력과도 같은 말이다.

이런 상황에서 최강철을 조사하라니, 그는 번개를 머리통에 맞은 것 같은 충격을 받았다.

하지만 그 역시 오랜 직장 생활을 통해 사회가 돌아가는 구조를 너무나 잘 안다.

청장의 말대로 윗선에서 지시가 내려왔다면 보통 일이 아니란 뜻이다.

그건 청장의 생각도 마찬가지였던 모양이다.

"더럽게 일이 꼬였어. 하지만 움직이지 않을 수도 없단 말이야. 내가 알기로 우리만 총대를 메는 게 아냐."

"그럼요?"

"검찰 쪽에서도 움직이는 모양이더라. 최강철의 부동산 취급 과정을 철저하게 조사하라는 명령을 받은 것 같아."

"청장님, 이러면 최강철은 훈련을 전혀 하지 못합니다. 설마 최강철을 죽이려는 겁니까?"

"이 사람아, 나도 답답해. 그러나 우리 본분이 뭔가. 불법을 잡아내서 국민들에게 정의를 보여주는 것이잖아."

청장의 말에 임철훈이 입술을 깨물었다.

말은 그럴듯했으나 변명에 지나지 않았다.

권력층에 있는 수많은 놈들이 불법으로 세금을 내지 않은 채 떵떵거리며 살아가고 있다는 걸 너무나 잘 안다.

그럼에도 국세청에서는 눈치를 보면서 아예 접근조차 못 하고 있지 않은가.

사냥개다.

자신들은 사냥개에 지나지 않는 삶을 살고 있을 뿐이다.

공무원으로서의 본분과 충성은 말만 번드르르한 핑계일 뿐이고, 자신들은 정권의 하수인이 되어 수많은 사람을 나락으로 빠뜨리는 사냥개 역할을 해왔다.

하지만 지금은 아니다.

최강철은 대한민국 국민들의 영웅이었고 다른 놈도 아닌 일본 놈과 시합을 목전에 두고 있는 상황에서 이런 짓을 한다는 건 도저히 받아들일 수 없는 일이었다.

"청장님, 최강철은 국민들의 영웅입니다. 얼마나 높은 곳에서 떨어진 것인지 모르겠지만 시합이 끝난 후 하면 안 되겠습니까? 자칫 잘못하면 우린 역사의 죄인이 될 수도 있습니다. 지금은 안 됩니다. 도대체 이유가 뭐란 말입니까?"

"자네, 언제 윗선에서 사람을 죽일 때 이유를 대는 것 봤어? 그리고 우리가 언제 이유를 물어본 적이 있는가. 그냥 죽이라면 죽이는 거지. 그게 우리가 살아가는 방식이잖아."

　　　　　*　　　　　*　　　　　*

　최강철이 성호체육관에 캠프를 차리고 본격적으로 훈련을 시작한 것은 한 달 전부터였다.

　언론을 통해서만 느껴지는 게 아니었다.

　만나는 사람마다 이겨달라는 간절한 부탁을 해오는 걸 보면서 지그시 입술을 깨물었다.

　안다, 그들의 마음을.

　나의 아버지도 일제시대 때 머슴살이를 하면서 일본인들에게 채찍을 맞았으니 어찌 그 원한을 잊을 수 있을까.

　열풍의 원인은 간절한 복수심과 자존심의 회복이었을 것이다.

　복싱 하나로 그런 것들이 완벽하게 치유되지 않겠지만 국민들은 자신의 경기를 통해 잠시나마 위안을 받고 싶은 게 분명했다.

　최선을 다하고 싶었다.

　언제나 최선을 다해왔으나 이번 경기는 더욱더 마음을 굳게 먹고 피지컬을 끌어올리기 위해 맹훈련을 거듭했다.

　엔도와의 시합이 결정되자 미국에서 득달같이 날아온 윤성호의 마음가짐도 그와 비슷했기에 최강철을 독려하는 말 한

마디마다 반드시 승리해야 된다는 의지가 담겨 있었다.

사건이 터진 것은 체력을 바짝 끌어 올린 후 본격적으로 엔도와의 시합을 위해 기량을 점검하기 시작할 때였다.

성호체육관의 3층은 전쟁에 출전하기 위한 진지로 변해 있었기 때문에 아무도 올라오지 않았는데 갑자기 문이 열리며 양복을 입은 사람들이 10여 명이나 들이닥쳤다.

"윤성호 씨가 누굽니까?"

"전데요?"

"우린 국세청에서 나왔습니다. 윤성호 씨가 세금 탈루를 했다는 제보가 들어와서 조사가 필요합니다. 매출 전표를 비롯해서 그동안 신고 자료, 그리고 건물에 대한 자료들도 전부 제출해 주시기 바랍니다."

"도대체 그게 무슨……."

"미안하지만 최강철 선수와 이성일 씨도 마찬가집니다. 분당 땅을 취득하면서 세금을 탈루했다는 의혹이 있습니다. 그에 대한 조사도 같이해야 되니까 협조해 주시기 바랍니다."

날벼락이다.

훈련을 하느라 땀투성이로 있던 최강철이 사내의 말을 들은 후 입술 끝을 끌어 올렸다.

뭔가 냄새가 지독하게 고약하다는 느낌이 들었다.

세금 탈루?

토지 보상으로 받은 돈은 그 출처가 명확해서 탈루를 할 방법도 없고 그럴 이유도 없었다.

그럼에도 국세청이 덮쳤다는 건 뭔가 다른 이유가 있을 것이다.

더군다나 윤성호까지 끌어들였으니 이들의 저의가 의심스러웠다.

갑자기 공항에서 카퍼레이드를 해야 한다며 자신을 강제하려던 양복의 말이 떠올랐다.

국가가 곧 정권이고 정권은 무한한 힘을 가지고 있으니 정권을 거역하는 순간 커다란 위험에 직면할 것이란 말이었다.

그것을 최강철은 받아들이지 않았다.

정권이 힘이 있다는 것을 알지만 정권이 원하는 대로 살기는 싫었다.

사무실은 곧 난장판으로 변했다.

10여 명의 국세청 직원들이 체육관을 전부 뒤져간 후, 윤성호가 수시로 불려갔고 최강철도 3번이나 다녀왔다.

문제는 국세청이 손을 뗀 후 검찰에서 최강철과 이성일을 부르기 시작했다는 것이다.

국세청은 검찰에 비하면 양반이었다.

검찰은 일주일에 한 번씩 불러 최강철과 이성일을 조사했는데 한번 부르면 기본이 이틀 동안 잠을 재우지 않고 같은 이야기를 반복하게 만드는 것이었다.

그들이 제시한 제목은 미리 국가의 신도시 계획을 알고 미리 땅을 사들여 엄청난 이익을 취했다는 것이었다.

말도 안 되는 말이었다.

그가 땅을 취득한 것은 개발 구상안이 나오기 훨씬 전이었으니 그들의 말은 전혀 신빙성이 없었다.

하지만 그들은 절대 그냥 물러서지 않았다.

지독하다. 그리고 집요했다. 집 안을 샅샅이 뒤졌고 심지어 본가와 압구정의 커피숍과 가족들의 재산 취득 과정까지 조사를 했는데 그럴 때마다 난장판으로 만들었다.

유력 변호사를 선임해서 맞섰으나 검찰의 조사는 결코 중단되지 않았다.

시간은 흘러갔고 최강철은 훈련을 하지 못한 채 가족들의 고통을 지켜봐야 했다.

돈 킹까지 나서서 움직였지만 한번 시작된 상황은 쉽게 풀리지 않았다.

완벽한 올가미에 걸린 느낌이었다.


\*               \*               \*


**〈최강철, 분당 땅 불법 투기 의혹. 검찰 조사를 받다〉**

조선일보가 먼저 터뜨렸고 그 뒤를 수많은 신문이 따랐다.

언론은 검찰에서 흘린 정보를 사실인 양 그대로 작성해서 올렸기 때문에 국민들은 분통을 터뜨리며 최강철을 비난하기 시작했다.

사실이든 사실이 아니든 상관없다.

오직 결과가 중요할 뿐이었다. 도시가 개발되기 전 엄청난 땅을 사들여 막대한 이익을 취했다는 사실 하나만 가지고도 국민들은 최강철의 행동에 비난을 퍼부었다.

세상 인심은 참으로 박하다.

사촌이 땅을 사도 배가 아프다는데 엄청난 대전료를 받으며 떵떵거리고 사는 최강철이 땅을 사서 상상조차 하지 못할 정도로 돈을 벌었다는 걸 사람들은 결코 이해해 주지 않았다.

하지만 최강철은 침착하게 상황을 관조하며 주시했다.

자신의 캠프는 박살이 났고 훈련조차 할 수 없는 상황이었으나 해결될 기미조차 보이지 않았다.

그럼에도 검찰은 의혹만 계속 방귀처럼 뿜어내며 자신을 구속하지 않았다.

과연 이들이 원하는 게 뭘까?

정말 정권에서 자신을 타깃으로 움직였다면 시합조차 하지 못할 정도로 박살을 내야 하는데 조사만 지속할 뿐 구속할 생각은 전혀 없는 것 같았다.


*          *          *


윤미영은 신문에서 계속 떠들고 있는 최강철의 기사를 보면서 입술을 깨물었다.

아무리 생각해도 그때 그들의 대화가 마음에 걸렸다.

그때는 최강철의 이야기를 들었지만 술 시중을 드느라 그냥 흘려 버렸는데 막상 최강철의 이름이 연신 신문에 오르내리자 그들이 지었던 비열한 웃음을 떨쳐 버릴 수 없었다.

그랬기에 그녀는 고민에 고민을 거듭한 후 황자연을 찾았다.

황자연은 그녀들에게 대모 역할을 해왔고 성격이 활달해서 아가씨들의 고민을 자주 해결해 주는 사람이었다.

"언니, 할 말이 있어요."

"뭐니?"

대기실에서 커피를 마시던 황자연이 윤미영의 심각한 얼굴을 보면서 살짝 얼굴을 굳혔다.

비록 이곳이 최고급 요정이었으나 일하는 아가씨들에게는 거의 모두 불행한 현실이 있었기에 그녀의 역할이 무척이나 중요했다.

더군다나 윤미영은 '월영'의 마스코트나 다름없는 아이였으니 그녀가 찾아오는 순간 어떤 고민도 해결해 줘야 한다는 생각을 가지고 있었다.

그러나 윤미영의 입에서 흘러나온 건 전혀 다른 이야기였다.

"언니, 아무래도 최강철 선수 말이에요. 그 사람들의 올가미에 걸린 것 같아요."

"그게 무슨 말이니?"

"저번에 유기춘 의원하고 검찰총장이 일본 국회의원 하고 술을 마셨잖아요……."

윤미영의 입에서 그 당신의 이야기가 나올수록 황자연의 얼굴이 무섭게 굳어지기 시작했다.

정말 말도 안 되는 이야기였지만 이야기를 들을수록 오한이 돌았다.

최강철이 처한 현재 상황은 윤미영의 입에서 흘러나온 것과 한 치도 다르지 않았기 때문이다.

"휴우, 미영아. 이 말 다른 사람한테 한 적 있니?"

"아뇨, 없어요."

"그럼 너는 가만히 있어."

"왜요. 최강철 선수는 어떡하고요!"

"그 사람들, 무서운 사람들이야. 만약 네가 이야기했다는 게 알려지면 커다란 보복을 당할 거야. 내 말 무슨 뜻인지 알겠어?"

"알아요. 하지만 그럼 최강철 선수가 불쌍하잖아요. 이러다가 시합에서까지 지면 여론이 안 좋아져서 구속을 면하지 못할 거예요."

윤미영이 안타까운 얼굴로 울먹거렸다.

요정에서 일하며 수없이 더러운 꼴을 봤지만 이렇게 억울한 경우는 처음이었다.

음모.

그것도 일본인이 껴 있는 이 음모는 너무 더럽고 치사해서 도저히 참을 수 없었다.

그럼에도 황자연의 날카로운 눈빛을 받으며 몸을 움츠렸다.

그들이, 그 음모를 펴고 있는 자들이 가진 힘을 너무나 잘 알고 있기 때문이었다.

황자연의 말처럼 나섰을 경우 그녀는 어쩌면 사회적으로 완전 매장되어 앞으로 창창하게 남아 있는 인생을 고통 속에서 살아갈지도 몰랐다.

두려웠다. 그럼에도 이렇게 입을 닫은 채 살아가기에는 쉽게 양심이 허락하지 않았다.

"언니, 최강철 선수를 구하고 싶어요. 그 사람은 잘못이 없잖아요."

"알아, 그러니까 넌 가만히 있어."

"어쩌려고요?"

"내가… 해볼게."

"언니가요?"

"이대로 손을 놓고 최강철 선수가 망가지는 걸 볼 수는 없어. 그 사람은 유일하게 영웅이란 칭호를 받고 있는 사람이야. 그런 사람을 무너지게 만들 수는 없잖니. 개 같은 놈들한테 무너지기엔 너무 억울하잖아. 그놈들이 원하는 게 최강철 선수가 지는 거라고 했지? 너는 우리나라 국민들이 그런 결과를 원한다고 생각해?"

"아뇨, 절대 그렇지는 않아요. 지금 사람들이 화를 내는 건 그 사람들이 파놓은 올가미에 걸렸기 때문이에요. 나는 최강철 선수가 꼭 이겼으면 좋겠어요."

"나도 그래. 그러니까 최강철 선수는 반드시 이겨야 해. 그리고 이젠 정말 시간이 없어!"


\*          \*          \*


이창래는 현재 벌어지고 있는 상황을 바라보며 밤잠을 설치기 일쑤였다.

도대체 이게 무슨 날벼락이란 말인가.

온 국민의 관심 속에서 기다리고 있는 경기를 코앞에 남겨 둔 채 최강철 죽이기에 나선 검찰의 행동이 이해되지 않았다.

그도 안다.

언론 쪽에 종사하고 있었으니 지금 벌어지고 있는 작금의 상황이 누군가의 거대한 움직임 속에서 정교하게 진행되고 있다는 것을 충분히 짐작할 수 있었다.

하지만 그 당사자가 누구인지 알 수 없다는 게 답답했다.

지금 방송국의 윗선 쪽에도 누군가의 압력이 계속해서 전해지고 있다는 정보가 들려왔다.

최강철에 대한 악의적인 뉴스를 반복해서 진행하라는 압력이었다.

정권의 칼날이 작용하면 방송국은 이를 거역하지 못한다.

기자의 양심.

그런 것은 오랫동안 지속되어 온 군부독재로 인해 갈가리 찢겨진 지 이미 오래였다.

오늘도 이창래는 커피를 마시며 신문에 나온 뉴스를 봤다.

김도환이 속해 있는 스포츠서울을 비롯해서 몇몇 복싱 잡지가 검찰의 조사에 문제 있다며 최강철을 두둔했으나 대부분의 대형 신문들은 점점 더 원색적인 비난의 강도를 높여가는 중이었다.

어둠의 그림자가 움직이고 있다는 건 거품을 물며 최강철의 무죄를 주장하던 김도환이 보직에서 쫓겨나 대기 발령이 났다는 것만 봐도 알 수 있었다.

커피가 쓰다.

도대체 이놈의 나라는 영웅을 그냥 두는 꼴을 보지 못했다.

무엇보다 가슴이 아픈 것은 자신이 할 수 있는 일이 없다는 점이었다.

최강철과 만나 그동안의 과정에 대해서 이야기를 들었을 때 거품을 물고 분노를 터뜨렸다.

아무런 잘못이 없었다.

잘못이 있다면 신도시 계획이 구상되기 전에 거대한 땅덩어리를 샀다는 것뿐이었다.

높은 자리에 있는 놈들은 신도시 계획을 미리 알고 투자한 놈들도 있었으나 최강철이 땅을 산 시기는 그것보다 훨씬 전의 일이었으니 그의 말대로 단순 투자일 뿐이었다.

그럼에도 국민들의 여론은 점점 악화일로를 걷고 있었다.

단순하다.

그토록 최강철을 열렬하게 응원하며 영웅으로 부르던 국민들은 단 한 번의 음모에 태도를 바꿔 원색적인 비난을 멈추지 않았다.

도대체 이런 국민이 시합을 이겨달라면서 응원했다는 게 믿겨지지 않을 정도였다.

검찰 쪽에서 흘린 정보를 언론이 반복해서 세뇌시켰기 때문에 벌어진 일이겠지만 이창래는 국민들의 반응을 보며 답답한 한숨을 숨기지 못했다.

따르릉, 따르릉…….

시끄럽게 울리는 전화벨 소리를 들으며 이창래가 인상을 썼다.

지금은 아무 짓도 하고 싶지 않았다.

일종의 무기력함.

맞다. 아무것도 할 수 없다는 무기력증이 몰려오자 모든 것에 짜증이 났다.

"여보세요?"

─이창래 국장님이신가요?

"그렇습니다만……."

─방송국 기자님들한테 여러 번 전화했어요. 그랬더니 국장님과 이야기하는 게 좋겠다는 대답을 하더군요.

"저와 무슨 이야기를 한다는 거죠?"

─최강철 선수에 관해서 이야기를 드릴 게 있어요.

받고 싶지 않았던 전화를 받으며 심드렁하게 대답을 하던 이창래의 눈이 여자의 말을 듣는 순간 갑자기 번쩍이기 시작했다.

감이다. 그것도 이 여자의 전화가 시한폭탄처럼 강력할 것
이라는 직감 말이다.


\*　　　　　\*　　　　　\*


"국장님, 이건 우리가 다룰 주제가 아닙니다."

"최강철은 세계 챔피언이다. 스포츠국에서 못 다룰 이유가
뭐냐?"

"잘 아시잖습니까. 저 위쪽에서 찍어 누르는 일인데 우리가
총대를 메게 되면 다칠 가능성이 큽니다."

"그래서 천 부장은 하지 말자는 이야기야?"

"그건……"

"자네, 최강철을 잃고 싶은가? 그것만 말해."

이창래가 타는 듯한 눈으로 노려보자 천신호의 얼굴이 점
점 굳어져 갔다.

그러나 그의 침묵은 오래가지 않았다.

"저는 최강철을 좋아합니다. 그 친구, 나이답지 않게 진중하
고 소탈한 성격을 가지고 있잖아요. 국장님도 아시겠지만 이
번 건만 아니었다면 고아원에 대한 뉴스를 내보낼 생각이었습
니다. 벌써 거기에 10억을 썼더군요. 앞으로도 확장해 나간다
고 하니 계속 늘어날 겁니다. 정말 미치고 펄쩍 뛸 일이죠. 돈

있는 놈치고 그런 짓을 하는 게 몇 놈이나 되겠습니까."

"그래서 어쩔 거야?"

"그런 놈은 우리나라를 위해서도 살려놔야 해요. 영웅이 없는 시대에서 그 친구는 유일한 영웅이었습니다. 그러니 살려야죠. 저는 5번이나 최강철한테 밥을 얻어먹었습니다. 까짓것 하죠. 밥값은 해야 되지 않겠습니까!"

"씨발, 고맙다."

"국장님, 생각해 놓으신 방법은 있겠죠?"

"당연히 모든 책임은 내가 진다. 잘려도 내가 잘리겠단 말이야. 그러니까 천 부장은 칼같이 움직여 주기만 해."

"윗선은요?"

"모르게 해야지. 그게 우리 스포츠국의 장점이잖아."


MBC에서 최강철 특집이 방송된 것은 시합이 한 달 조금 남았을 때였다.

갑작스럽게 만들어진 특집 방송은 사회적인 분위기가 안 좋았기 때문에 윗선의 제동을 받았으나 시간 때우기라는 이창래의 강력한 주장에 의해 강행되었다.

현재 최강철이 비난을 받고 있으나 시청률을 확보하는 데 최강철과 엔도의 대결에 관한 것만큼 좋은 게 없다는 변명이 받아들여졌던 것이다.

하지만 막상 방송이 시작되자 최강철과 엔도에 대한 분석은 절반에도 미치지 못했다.

포문을 연 것은 이종엽이었다.

그는 최강철 경기를 여러 번 중계하면서 승리에 대한 감동으로 눈물까지 흘렸던 사람이었다.

"현재 최강철 선수가 국민들의 비난에 직면해 있습니다. 분당에 불법으로 땅 투기를 해서 막대한 이익을 얻었다는 것인데요. 상당히 안타까운 일입니다. 시합을 앞둔 상황에서 발생한 일이기에 더욱 안타까운데 저희 방송국으로 이것이 음모라는 제보가 들어왔습니다. 천신호 부장님, 어떻게 된 일이죠?"

"맞습니다. 이틀 전 저희 방송국으로 익명의 제보자가 전화를 걸어왔습니다. 먼저 이야기를 들어보시죠."

여자의 목소리는 변조되어 있었으나 그녀가 말한 이야기는 충격 그 자체였다.

여당의 3선 국회의원과 검찰총장이 일본의 유력 국회의원과 술을 마시면서 최강철 선수가 시합에서 지도록 음모를 꾸몄다는 것이었다.

"천 부장님, 이 여자분이 누구기에 이런 엄청난 사실을 알 수 있었던 거죠?"

"그들이 자주 가는 요정에서 일하는 분입니다. 그분은 자신이 커다란 피해를 받을 수 있다는 걸 알면서도 이 사실을 알려야 한다는 생각으로 용기를 냈다더군요."

"이게 사실이라면 정말 공포스러운 일인데요. 천 부장님은 왜 그들이 이런 짓을 했다고 생각하십니까?"

"현재로서는 자세한 내막을 알 수 없습니다. 그리고 이것이 사실이라는 것도 밝혀지지 않았고요. 다만, 제 생각에는 세계 최강인 최강철 선수를 쓰러뜨려 일본의 위상을 높이기 위해서 였지 않은가란 생각을 해봤습니다."

"사실 확인은 해봤습니까?"

"아닙니다. 하지만 지금부터 적극적으로 해볼 생각입니다. 저희는 스포츠를 담당하는 부서이기 때문에 지금 최강철 선수가 겪고 있는 불행에 대해 나서기 어려운 점이 있지만 그가 우리의 영웅이란 점을 감안해서 최선을 다할 생각입니다."

"최강철 선수가 불법적인 투기를 했다고 계속해서 언론에서 뉴스가 나오던데 그것도 조사해 보셨다면서요?"

"조사해 봤습니다. 저는 불과 하루 만에 최강철 선수의 부동산 매입 과정과 토지 보상 과정을 취재할 수 있었습니다. 최강철 선수는 신도시 개발이 논의되기 훨씬 전에 이미……."

천신호는 자신이 조사한 자료를 직접 보여주며 최강철의 무죄를 주장했다.

그는 아예 조사한 자료를 국민들이 쉽게 볼 수 있도록 현황판으로 만들어 나왔는데 정확한 수치가 적혀 있었다.

"그런데 왜 검찰 쪽에서는 계속 최강철 선수를 조사하는 거죠?"

"그게 의심스럽다는 겁니다. 이렇게 명백한 증거가 있는데도 검찰에서는 조사를 한다는 이유로 최강철 선수가 훈련하지 못하도록 만들었습니다. 아까 전화를 해온 제보자의 말이 신빙성을 더해가는 이유가 여기에 있는 것입니다. 또한 방금 말씀드린 것처럼 저는 단 하루 만에 최강철 선수에 대한 자료를 조사했는데 많은 언론이 그런 사실을 보도하지 않고 최강철 선수를 비난하는 논조의 기사를 내보내고 있습니다. 이것 또한 그런 커다란 음모의 과정이 아닐까란 의심을 증폭시키는 것입니다. 다시 말씀드리지만 최강철 선수는 영웅이라 부르기에 충분할 정도로 우리나라의 위상을 높여준 사람입니다. 이런 선수가 음모에 빠져 쓰러지지 않도록 반드시 사실관계를 확인해서 명명백백 밝혀내야 합니다."

MBC의 특집 방송이 나가자 전 국민들의 입에서 욕설이 동시에 쏟아져 나왔다.

아직 사실 확인이 되지 않았다는 멘트가 분명히 있었음에도 최강철에게 향했던 국민들의 분노는 방향을 돌려 무차별적으로 요정에 있었다는 자들에게 쏟아지기 시작했다.

유기춘과 검찰총장은 일국의 국회의원과 정부의 고위 관료가 그런 매국적인 일을 한다는 게 상식적으로 이해가 되냐며 펄펄 뛰었다.

그들은 제보자와 대면을 해서라도 자신들의 결백을 밝히겠다는 주장을 했고 일본 의원의 정체를 밝히라며 MBC를 향해 공세를 멈추지 않았다.

하지만 국민들의 여론은 쉽게 가라앉지 않았다.

MBC 특집 방송을 시작으로 그동안 숨을 죽이고 있던 각 신문의 기자들이 봇물처럼 최강철의 무죄에 대해서 주장을 하기 시작했는데, 워낙 자료가 명백해서 검찰 조사의 문제점이 고스란히 노출되었다.

언론의 특성은 누군가 총대를 메는 순간 도화선에 불이 붙은 것처럼 폭발적으로 움직인다는 것이었다.

누군지 알 수 없었던 권력층의 움직임이 드러났고 만약 일이 잘못되어도 총대를 멜 자가 나타난 이상, 그동안 최강철에게 호의를 가졌음에도 숨죽이고 있던 기자들이 봇물 터진 것처럼 일어섰다.

여당인 민정당이 본격적으로 나서기 시작한 것은 국민들의 여론이 악화일로를 걸었기 때문이다.

이대로 그냥 둔다면 정권 자체의 존립에 커다란 상처를 받을 만큼 국민들의 진실 규명 요청이 너무 거셌다.

민정당은 정치 공작으로 몰고 갔다.

유기춘과 검찰총장이 만났다는 일본의 국회의원은 한국에 들어온 적도 없었다면서 야당은 정치 공작을 그만두라는 주장을 펼쳤다.

야당도 가만있지 않았다.

최강철의 무죄가 분명함에도 훈련조차 하지 못하도록 방해한 사실을 들며 두 사람이 모두 동경대 출신이라는 사실을 부각시켜 충분히 가능한 일이라고 공세를 이어나갔다.

해답도 없는 지루한 공방.

하지만 언제나 그렇듯 이렇게 지루한 정치 공방은 결국 해답을 찾아냈는데, 그 결과는 검찰총장의 해임으로 끝이 났다.


\*         \*         \*


최강철은 검찰 조사실을 나서면서 쓴웃음을 뱉어냈다.

고개를 숙인 채 다시는 부를 일이 없을 것이라는 담당 검사의 얼굴이 더없이 불쌍하게 보였다.

그도 어쩔 수 없었을 것이다.

거대한 조직에 포함된 개체는 명령을 거부하는 순간 죽음 속으로 내몰린다.

그렇기에 다시 한번 절실하게 느꼈다.

정의가 물결처럼 넘실거리는 국가를 만들기 위해서 도덕적으로 깨끗하고 청렴하며 능력 있는 지도자가 반드시 필요하다는 사실을 말이다.

담당 검사도 그런 지도자가 이끄는 조직에 속해 있었다면 자신의 역량을 마음껏 펼쳐내며 사회 정의를 위해 봉사하고 있었을 것이다.

버스에서 내려 체육관으로 들어서자 윤성호가 맨발로 뛰어 나왔다.

"어떻게 됐어?"

"이제 다시는 부르지 않겠답니다."

"고생했다, 고생했어. 개새끼들, 생사람을 그렇게 때려잡더니 아무런 말도 없디?"

"미안하다더군요."

"사람 죽여놓고 미안하다면 다야!"

윤성호의 얼굴이 단박에 붉어졌다.

생각할수록 열이 받아 견딜 수가 없었던 모양이었다.

그는 체육관 운영 과정에서 탈세를 했다는 국세청의 조사를 당했지만 보름 만에 빠져나왔기 때문에 혼자 체육관을 지켰다.

세상에 털어서 먼지 안 나오는 놈이 어디 있을까.

국세청에서는 십 원짜리까지 탈탈 뒤져서 탈세 사실을 밝혀냈는데 그 금액이 백만 원을 훌쩍 넘었다.

돈을 내면서 악을 바락바락 썼다.

돈이 아까워서가 아니라 이런 것 때문에 훈련을 하지 못하도록 체육관을 때려 막은 놈들의 행동이 너무 분해서였다.

일이 벌어지면서 돈 킹을 통해 시합의 연기를 건의했으나 절대 받아들일 수 없다는 일본 측의 대답을 들었다.

놈들의 주장은 간단했다.

법에 의해 신체적인 구속을 당하면 당연히 시합은 중단되겠지만 그렇지 않은 상황에서의 시합 연기는 계약 파기 조항에 해당된다는 것이었다.

말은 간단했으나 쉬운 일이 아니었다.

워낙 막대한 자금을 쏟아부은 시합이었으니 계약 파기를 했을 경우 엄청난 위약금을 물어내야 했다.

이러지도 저러지도 못하는 상황이 계속되면서 윤성호는 혼자 새카맣게 애를 태웠다.

그렇다고 검찰 조사를 받으며 힘들어하는 최강철에게 어떤 말도 하지 못했다.

이제 남은 시간은 겨우 17일.

그나마 다행인 건 시합 장소가 바로 가까운 일본이라는 것뿐이었다.

"강철아, 어쩌면 좋겠냐?"

"뭘 말입니까?"

"이번 시합 말이다. 다시 한번 연기 신청해 볼까? 이대로는 안 돼. 필요하면 위약금을 무는 한이 있더라도……."

"그럴 필요 없습니다."

"우린 지금까지 훈련다운 훈련을 하지 못했어. 더군다나 성 일이까지 너와 같이 들어가는 바람에 전략조차 제대로 마련 할 시간이 없었다. 그러니 이대로 시합을 할 수는 없어."

"관장님, 관장님은 억울하지 않으세요?"

"씨발, 당연히 억울하지."

"남자는 말입니다. 억울한 걸 참는 순간 병신이 되는 겁니 다. 나는요, 그게 겁나요. 시합을 연기하면 내 분노가 지금보 다 누그러들지 모른다는 게 말입니다."

『기적의 환생』 8권에 계속…